dtv

Einfach auf und davon. Wer hat nicht schon mal mit diesem Gedanken gespielt? Carla, Mitte fünfzig, ist gerade Witwe geworden, doch sie hat keine Lust, sich deswegen vor dem Leben zu verkriechen. Ille, ihre gleichaltrige Freundin, ist mit einem Tierarzt verheiratet und führt eine eintönige und eher festgefahrene Ehe. Als Carla ihrer Freundin vorschlägt, dem Alltag einfach mal den Rücken zu kehren, macht die sonst so fügsame Ille mit, obwohl ihr Mann mit der Trennung von Tisch und Bett droht. Auf einem Motorrad mit Beiwagen reisen die beiden Frauen quer durch Deutschland bis nach München und lernen dabei ganz neue Facetten an sich kennen. Zwei Frauen in den besten Jahren: fantasievoll, mutig, selbstbewusst und attraktiv.

Asta Scheib, geboren am 27. Juli 1939 in Bergneustadt/Rheinland, arbeitete als Redakteurin bei verschiedenen Zeitschriften. In den Achtzigerjahren veröffentlichte sie ihre ersten Romane. Heute gehört sie zu den bekanntesten deutschen Schriftstellerinnen und lebt mit ihrer Familie in München.

Asta Scheib

Schwere Reiter

Roman

Deutscher Taschenbuch Verlag

Von Asta Scheib
sind im Deutschen Taschenbuch Verlag
u. a. erschienen:
Beschütz mein Herz vor Liebe (21250)
Frost und Sonne (21183)
Das Schönste, was ich sah (21272)
Das stille Kind (24854)

**Ausführliche Informationen über
unsere Autoren und Bücher
finden Sie auf unsere Website
www.dtv.de**

Neuausgabe 2013
Veröffentlicht 1997 im
Deutschen Taschenbuch Verlag GmbH & Co. KG, München
Lizenzausgabe mit freundlicher Genehmigung der
F. A. Herbig Verlagsbuchhandlung GmbH, München

Umschlagkonzept: Balk & Brumshagen
Umschlagfoto: Trevillion Images/Mark Bauer
Gesamtherstellung: Druckerei C. H. Beck, Nördlingen
Gedruckt auf säurefreiem, chlorfrei gebleichtem Papier
Printed in Germany · ISBN 978-3-423-21420-9

Meiner Mutter

I

Carla macht den Motorradführerschein. Ganz hinten im Raum sitzt sie. Fühlt sich isoliert. Die anderen Fahrschüler scheinen alle um die zwanzig zu sein. Übersehen Carla. Säuglinge! – denkt Carla wütend. Haben das Fruchtwasser gerade erst gegen Coca-Cola und Popcorn eingetauscht. Reden von den Türstehern ihrer Clubs, von der Ablöse, die Juventus Turin für einen Fußballer bezahlt. Sind sich sicher, dass sie in zehn Jahren einen Porsche 911 fahren. Alles steht für die Jungen parat, denkt Carla. Junge Mode. Junge Musik. Junge Magazine. Junge Filme. Junge Pillen.

Wie war das bei uns? Kriegsdienst, Munitionsfabrik, Nachtdienst am Schlesischen Bahnhof, Viehwagen voller erfrorener Frauen, Kinder, Säuglinge, Wassersuppe, klitschiges Maisbrot. Unsere Fanfaren waren die Préludes von Liszt vor den Sondermeldungen vom totalen Krieg und der Anfang der Fünften von Beethoven im BBC, heimlich abgehört, wenn sie uns sagten, wo die Russen standen.

Mit zwanzig, dachte Carla grimmig, hatte ich schon tausend Leben hinter mir.

Doch jetzt hat sie Zeit und Zorn, arbeitet verbissen, paukt mit Ille täglich die Straßenverkehrsordnung. Bald zeigt sich, dass die Olle Bescheid weiß. Sie rücken näher zu Carla. Doch die nimmt kein Gnadenbrot. Sagt zu Ille:

Sie meinen, ich müsste mich freuen, wenn sie überhaupt mit mir reden. Die können mich.

Ille kann Carla in ihrem Zorn nicht folgen. Die sind doch nur gedankenlos. Doch Carla ist ein Elefant. Wütend trampelt sie die Trennungslinie, von der sie glaubt, dass die Jungen sie markiert haben. Abgeschrieben haben die uns. Als Frau über fünfzig bist du für die Zwanzigjährigen Luft. Die sehen dich nicht einmal an. Die begegnen dir, und du bist Luft.

Lass sie, Carla, wir brauchen ja nur den Führerschein.

In der praktischen Fahrstunde muss Carla auf dem Motorrad durch Berghausen fahren. Völlig allein, hinter dem Fahrschulwagen her. Sie bekommt einen Sturzhelm und Nierenschutz. Dazu Anweisungen vom Fahrlehrer, die ihr wie Vorwürfe in den Ohren dröhnen, sie völlig konfus machen. Carla möchte sich verkriechen. Wie soll sie bloß heil durch die Stadt kommen bis auf den Hepel, wo der Übungsplatz ist. Da soll dann noch mehr Tortur folgen: schnelle Fahrt, Bremsen, Achten fahren. Hätte ich doch die Finger davon gelassen. Carla kann nur noch an Kupplung denken, Gasgeben, nur ja nicht zu viel am Gashebel drehen, jetzt schalten, Herrgott und Fraugott, hoffentlich kommt sie noch bei Grün mit, verliert nicht den Fahrschulwagen. Carla schafft das. Nacken und Rücken sind längst feucht verklebt. Wie sorglos war sie jahrelang diese Straße gegangen, jetzt musste sie jeden Meter erobern. Wieder neu kuppeln, schalten, erster Gang, runterdrücken, zweiter Gang, hochziehen, ja, klappt. Und nicht zu viel Gas, Kupplung gaaaaanz langsam kommen lassen, damit das Ross nicht vorn hochgeht. Vorsicht in den Rechtskurven! Und die Knie an den Tank, eng herandrücken, damit du ein Gefühl kriegst für die Maschine. Und nicht verkrampft. Jetzt die Kurve. Der Säftel in seinem

Mercedes ist wohl debil, derart die Kurve zu schneiden! Runterschalten, wenig bremsen, ja, geht doch, jetzt wieder mehr Gas, raufschalten, alles klar.

Gut, dass Carla den Sturzhelm aufhat, Tarnkappe gegen höhnische Anteilnahme. Sie reden über Carlas Fahrstunden. Sollen sie, wenn Carla hier nur heil wegkommt, raufkommt auf den Hepel, die rettende Akropolis. Da steht Ille an der Ampel und winkt. Ach, Ille.

Übungsplatz – hab ich dich endlich erreicht. Der Fahrlehrer ist möglicherweise noch mehr erleichtert als Carla. Ermutigt übt Carla jetzt Kurven und Achten, Bremsen aus voller Fahrt. Die schwere Maschine gehorcht, ist willig und wendig wie ein rittiges Pferd. Carla möchte weiterfahren, ohne Rückkehr in den sonnenwarmen Vormittag, Kurven, Achten, wie Sie wünschen, meine Damen und Herren. Und sie schafft die Fahrprüfung theoretisch und praktisch mit stolzen Punktzahlen.

2

Ille legt Otto vor. Schon bei der zweiten Kartoffel winkt er ab. Unlustig beginnt er zu essen. Wo ist das Salz. Er bestreut, was er vorher nicht gekostet hat. Das macht Ille wütend. Seit Jahren. Du erschlägst alles mit Salz. Schwigg de Mule, dat kann di doch echal sinn. De Eerpel sin uck wier haard. Otto sagt es leise, seine Fingerkuppen trommeln »Klar zum Gefecht« über den Tisch. Jetzt wäre Ille dran, aber heute beachtet sie das Zeichen zum Einsatz nicht. Der Kaktus am Fenster blüht zum ersten Mal. Man könnte meinen, hinter der Straße begänne das Meer, ein silbrig-schwerer Duft hat sich durch die Vorhänge geweht. Ille atmet, bis ihre Corsage Einhalt gebietet. Vergeblich reicht sie Otto die Sauce.

Ich fahre mit Carla weg. Mindestens ein halbes Jahr verreise ich mit Carla.

Otto muss achtgeben, dass er nicht an der Kartoffel erstickt. Dat Carla, dat settet di luter so Ruupen in den Kopp. Er schiebt seinen Teller beiseite, steht schweigend auf, geht ins Wohnzimmer. Du bist ja nicht ganz dicht, sagt er nach einer Weile sanft und hochdeutsch. Er stellt seine Whiskyflasche parat, holt die Briefmarkensammlung heraus.

Ille singt aus dem ›Fidelio‹: O namenlose Freude nach unnennbarem Leide.

Otto tippt sich an die Stirn. Ille sieht es im Spiegel. Sie wiegt einen Apfel in der Hand, geht dann, Kinn hoch, ins Wohnzimmer. Es ist kein Spaß, wir fahren nächste Woche. Montag.

Otto doppelt vermittels einer Lupe die Freude an einer roten Marke. Er lächelt, mit dem Falzmesser zwischen den Lippen: Unsinn.

Ille führt Carla ins Feld. Carla braucht mich.

Das Messer fällt Otto aus den Zähnen, seine Faust springt auf den Tisch, lässt die Briefmarken aufschweben. Ille schaut ihm zu wie einem Pantomimen. Sie wird das Theater nicht verlassen, bis das Spiel beendet ist.

Otto brüllt. It dumme Düppen. Dann ist ihm sein Platt zu schade. Er schimpft hochdeutsch weiter: Deine eigenen Sperenzchen würden mir schon reichen, aber mit Carla zusammen bist du ein Albtraum. Motorradfahren. Ganz Berghausen hält sich den Bauch. So ein Blödsinn. Zwei alte Weiber, … Frusthennen seid ihr. Teeren und federn sollte man euch.

Ille schaut derweil in Röttgers Garten. Der Essigbaum wächst viel zu weit rein in unseren Rhododendron. Fürs nächste halbe Jahr soll es ihr egal sein. Ille widersteht der Versuchung zu lächeln. Sie lebt seit Tagen in dieser heimtückischen Fröhlichkeit. Doch jetzt, gegenüber Ottos Wut, die ihr nichts anhaben kann, die vor ihr versprüht, gegenüber dieser lächerlich wirkungslosen Wut fliegt plötzlich Trauer in Ille auf wie alter loser Staub, brennt ihr in den Augen. Wer hat aus Otto dieses böse alte Weib gemacht? Was hat seinen stahläugigen Rabenkopf verwandelt in eine oftmals von Bosheit triefende Birne? Dem hat doch der Teufel ins Hirn geschissen – das war noch das Gelindeste, was Otto über die Herrchen oder Frauchen seiner geliebten Patienten sagte.

Ille sieht die feinen Schweißperlen auf Ottos Stirn.

Wenn du wirklich fährst, sagt er und schiebt sein Messer wieder zwischen die Zähne, wenn du wirklich fährst, brauchst du nicht zurückkommen.

Armleuchter, sagt Ille und hat ihr Gleichgewicht wieder.

In Carlas Wohnzimmer liegt Gottfried leidend auf dem Sofa. Er hat eine Hand über die Augen gelegt, doch Carla fragt nicht, was Gottfried gefragt werden will. Schließlich bittet er mit matter Stimme um eine Kopfschmerztablette. Aber Carla ist nicht abkömmlich. Sie sitzt im Lichtkegel der Tischlampe über eine Straßenkarte gebeugt. Zweiundfünfzig Routen durch Deutschland. Zweiundfünfzig Entscheidungen werden Carla abverlangt, was soll sie da mit Gottfrieds Kopfschmerzen. Ohne aufzusehen, murmelt sie, Gottfried solle sich seine Tabletten selber holen.

Daran musst du dich jetzt ohnehin gewöhnen. Schwer krank bist du ja nicht.

Gottfried steht auf, vorwurfsvoll schwerfällig, schaut dunkel auf Carla, die mit einem Rotstift auf ihrer Karte Touren markiert.

Sag, willst du wirklich fahren? Das, das ist doch verdammt gefährlich. Beim Motorradfahren sterben die meisten Leute.

Nein, sagt Carla leise, sich halb zu Gottfried wendend, dabei immer die Karte im Auge behaltend, nein, die meisten Leute sterben im Bett. Du sicher auch.

Gottfried ist noch nicht fertig: Ihr beiden, ich meine, du und Ille, ihr seid doch schließlich zwei ältere Damen, die Ille hat Ischias, und du, denk doch mal an deine Galle …

Carla lässt den Blick nicht von der Straßenkarte, belehrt Gottfried: Wir fahren ja keine Rennen, Ille und ich.

Hübsche kleine Nebenstraßen. Hier. Der Rotstift klopft auf die Karte. Siehst du doch, oder? Wir sind ja noch nicht scheintot – und auch nicht ständig kränklich, oder?

Über Carlas Brillenrand hinweg zucken Blitze, und Gottfried hält sich nun auch nicht mehr bedeckt:

Und was wird aus mir? Wer sorgt hier für mich?

So, jetzt lässt du endlich die Sau raus.

Die heitere Anerkennung in Carlas Stimme hätte Gottfried stutzig machen müssen. Carla sieht seinen ratlosen Streichholzkopf, lässt ihn glühen, einen boshaften Moment lang.

Ich habe mit Kahlenbachs Paula gesprochen. Wenn du willst, kommt sie jeden Tag. Bezahl sie anständig und red dem Apotheker nicht dauernd rein.

3

Der Euteneuers Fritz weiß es schon. Sein Gesicht, die Haut wie geronnene Buttercreme, ist gerötet von dem Kampf, der sich gerade im Euteneuers Fritz abspielt. Raffgier gegen Missbilligung. Noch steht es unentschieden. Als Carla die weinrotlederne Brieftasche auf den Ladentisch legt, fällt das Tor. Eins zu null für die Raffgier. Beflissen legt Fritz vor, hält seinen igelköpfigen Lehrling zurück. Die Damen bediene ich selber. Dabei wissen beide, dass der Fritz im ganzen Ort auf ihre Kosten Witze reißt. Die alten Schrapnells, Easy Riders wollen die sein, du lieber Himmel, Schwere Reiter sind das.

Carla und Ille spielen mit beim Herzlichkeitsspiel. Mit Ille hat der Fritz die ersten vier Jahre die Schulbank gedrückt. Waren noch Zeiten, was. Sie probieren Ledernes, Gestepptes. Schwer anzuziehen, schwer anzusehen. Wie damals in Berlin, denkt Carla. Die Motorrad-Karawanen, gekleidet in glänzend-aggressives Leder, knatternd durch Spaliere von Hoffnung oder Angst, am Ende dann, in dem stickigen Luftschutzkeller, Mongolen in Lederjacken. Carla, unter Kohlensäcken, hörte die Schreie der Frauen, stundenlang lag sie in ihrem Urin und Kot. Die Ohnmacht wollte nicht kommen, das Gehirn meldete Schrei um Schrei, nach Jahren noch. Durch die Trümmer gehetzt, die Kleider in Fetzen, der Film blieb gegenwärtig.

Carla sah die farbigen, weichen Ledermoden der neuen Zeit. Leuchtend schön und warm. Ihr erschienen sie aggressiv, kalt. Zog sie jetzt auch die Ledermontur an, um zu kämpfen?

Du siehst schön aus, Carla. Ille schloss der Freundin die Reißverschlüsse, brachte Öse in Öse mit Leichtigkeit. Carlas 1,75 Meter blieben unberührt von der Plumpheit und Schwere des rundgesteppten Leders. Sie selber, Ille, fühlte sich beim Blick in den Spiegel an Woody Allen erinnert, wie er in einem seiner Filme über der Erde schwebt, aufgeblasen.

Warum hatte sie in den letzten drei Wochen auch nicht abgenommen? Wie oft war sie innerlich vor sich selber auf den Knien gelegen: Lieber Körper, willst du denn nicht ein bisschen schlanker werden? Im Hintergrund des Ladens sieht Ille das vor mühsam verhaltenem Grinsen fast zerplatzende Gesicht vom Euteneuers Fritz. Der Mistkerl, der analphabetische Oberheuchler. Früher, in der Tanzstunde, ist er vor Eifer übers Parkett gesegelt, wenn ich nur hingeschaut hab. Heute glaubt er, dass er über mich lachen darf.

Der Fritz bringt eine Nummer größer für Ille. Sie ist auseinandergegangen, unsere Tanzkönigin, schon lange nicht mehr die Jüngste. Saß ja auf dem hohen Ross, keiner war gut genug. Sollte wohl der Schah von Persien kommen. Dann war es der Otto, der Viehdoktor. Vielleicht dreht sie deshalb jetzt durch. Die sind ja nicht dicht, die beiden Spinatwachteln. Motorradtour. In dem Alter. So eine scharfe Junge auf ’ner Kawasaki, das wär was. Aber die beiden Ollen, lächerlich.

Der Fritz will sich mit dem Lehrling verschwören, grinst ihn an, die Augen zur Decke gerichtet. Doch Udo bringt die sperrigen Ösen bei Ille ineinander, schließt die Montur mit einer verächtlichen Bewegung zum Chef.

Der kriegt doch den Arsch nicht mehr hoch. Ihr beiden dagegen macht doch schwer was los.

Ille murmelt verstohlen in seinen Igelkopf, dass sie hier im Laden ein bisschen aufräumen möchte und ob er es dann ausbaden müsse. Udo begreift, kriegt Kinderaugen. Mannomann, nee, überhaupt nicht, ich muss sowieso gleich zum Arzt, und morgen früh ist Berufsschule. Mensch, endlich was los, endlich Randale.

Er überlässt es Carla, Ille wieder auszupellen, Euteneuers Fritz schimpft, dass Udo dauernd zum Arzt rennt. Kein Mumm drin, denen fehlt der Barras.

Ille will vom Fritz wissen, wo der Lokus ist. Den innen steckenden Schlüssel bringt sie außen an, jammert, dass ihr ein Ohrclip hinter die Kloschüssel gefallen sei. Kopfschüttelnd arbeitet sich der Fritz hinter die Kloschüssel. Ille sperrt hinter ihm ab. So. Mistkerl. Jetzt bleib ein Weilchen da drinnen, wir räumen derweil hier wieder auf. Wollten ohnehin nur anprobieren, kaufen tun wir beim Hahnen Gustav.

Der Fritz donnert gegen die Tür, aber die ist solide und der Fritz scheut die Reparaturkosten.

Carla hält sich raus, vergnügte Lichter hüpften in ihren Augen. Sie hilft Ille, Regale auszuräumen, Schubladen zu leeren. Der tobende Fritz im Klo stimmt sie schließlich milde, lässt sie Schluss machen. Komm, jetzt reicht's. Sie ziehen die Ladentür hinter sich zu.

4

Die Anschaffungen und die Reise können sie sich leisten. Ille hat das Elternhaus ihrer Mutter geerbt, ein typisches altes Fachwerkhaus unter Denkmalschutz, völlig renoviert. Vier Familien leben darin, durch die Miete hat Ille ein stattliches Konto. Carla ist unabhängig durch Rudolfs Lebensversicherung und die Pacht für die Apotheke, die sie sich mit ihrem Schwager Gottfried teilt.

Der rote Lack glänzt in der Morgensonne. Die Chromleisten blitzen. Carla und Ille haben das ganze Vehikel poliert. Rituelle Versiegelung, die unverwundbar macht. Jetzt verstauen sie umsichtig das Gepäck. Da ist ja nur Platz für eine Zahnbürste, sagt Ille. Wo ist die Freude, die listige Fröhlichkeit der letzten Tage geblieben? Carla denkt, dass Illes Gesicht wie ausgelöscht ist, sie schaut mit nervösen Augen zu den Nachbarhäusern. Ottos Sprechstundenhilfe geht gerade in die Praxis, mit Siegesschritt. Otto lässt sich nicht sehen. Schon vor dem Frühstück war er aus dem Haus.

Meine Oma fährt im Hühnerstall Motorrad, Motorrad, Motorrad, meine Oma fährt im Hühnerstall Motorrad, meine Oma ist 'ne ganz moderne Frau. Die Achenbachs Blagen, der Ohrendorfs Bautzi, der Fuchsen Eia kommen heut zu spät zur Schule. Sie haben daheim von der Reise gehört, wollen die Abfahrt mitkriegen … im

Hühnerstall Motorrad, ohne Sattel, ohne Bremse, ohne Licht. Carla schiebt sie unwirsch beiseite.

Ille hat noch rasch Semmeln geholt als Reiseproviant. Kahles Hedwig wollte kein Geld für die Semmeln. Schenk ich dir, Ille, komm bloß gesund wieder. Dass du die Dollheiten von der Berlin'schen aber auch mitmachen musst.

... ohne Bremse, ohne Licht, und der Schutzmann an der Ecke sieht die alte Schraube nicht ... Dieses Otterngezücht. Manche Kinder haben eine fiese Ausstrahlung. Carla schaut noch mal nach, ob auch genug Öl im Tank ist, obwohl sie weiß, dass genug drin ist. Was kann schon passieren? Was kann ihr, Carla, noch passieren?

Was denkst du?, fragt Ille. Carlas Nachdenklichkeit macht sie unsicher.

Ich stell mir gerade vor, was wäre, wenn es jetzt Krieg gäbe ...

Ille rückt sich jetzt ungeduldig im Seitenwagen zurecht. Carla soll losfahren. Die Bälger mit ihrer Singerei gehen Ille auf die Nerven. Und der Schutzmann an der Ecke sieht die alte Schraube nicht.

Jetzt reicht es. Fünfundfünzig Jahre Berghausen, ... meine Oma ist 'ne ganz moderne Frau. Carla ist wenigstens schon Großmutter.

Carla geht ein letztes Mal um die Maschine herum. Auf unserer Karre müsste eigentlich FRIEDEN stehen, seitlich auf der Gondel, riesengroß FRIEDEN.

Oh, du heiliger Bimbam, stöhnt Ille, langsam verlier ich die Geduld. Brechen wir jetzt vielleicht zu einer Demonstration auf? Zwei alte Schrauben für den Frieden?

Carla schwingt sich rasch auf den Sattel, sagt mit halbem Grinsen, dass es doch zu blöd wäre, wenn es ausgerechnet jetzt Krieg gäbe und sie sterben müsse.

Ille versteht nicht. Wieso stirbst dann nur du, dann krepieren wir doch alle.

Carlas Grinsen breitet sich aus. Um euch alle wäre es aber nicht so schade wie um mich.

Jetzt dreht Carla den Benzinhahn auf. Sie ist plötzlich wieder die Carla der letzten Tage, berstend vor Plänen, die Augen voll funkelnder Pünktchen. Es wär um mich eben besonders schade, weil es keinem Menschen im Moment so gut gehen kann wie mir.

Carla gibt jetzt kräftig Gas. Die Maschine macht eine erstaunlich lässige Kehrtwendung. Wollen wir Karussell fahren? Die Fenster der Apotheke blinken. Eine Frau geht mit ihrem Vogelkäfig in die Praxis. Otto wird gutmütig fragen: Na, is der Karnalljenvu'el dod gechangen? Denkers Kurt kann seinen Dackel kaum davor zurückhalten, die Tücher vom Käfig herunterzuzerren.

Carla und Ille knattern jetzt die Goethestraße herunter. Mit dem Hintern fast auf dem Asphalt sitzend, erlebt Ille plötzlich die Goethestraße neu. Die Häuser, ihr seit Kindheit vertraut, sehen richtig schön aus. Japes Ziegelhaus, Wollenwebers schwarzgeschieferte Villa, hat Ille sie nicht in einem Film von Robert Altman gesehen? Aus Ullrichs Autowerkstatt blitzt blaues Schweißlicht, Monteure kommen heraus, einer winkt mit dem Schraubenschlüssel. Jetzt ausgerechnet muss es Fehlzündungen geben. Wie das kracht. Ille möchte es ungeschehen machen. Welche Blamage, wenn die Maschine jetzt streiken würde. Ille bricht fast der Schweiß aus. Beschwörend schaut sie auf den Motorblock, der frei links neben ihr liegt. Sie könnte ihn anfassen, aber sie wird sich hüten vor so einem Teufelsding. Beim Autofahren sieht man wenigstens nicht, wie da die Kräfte am Werk sind. Aber hier, alles recht unverhohlen.

Jetzt sind sie schon an der Aggerbrücke, Manni Lurz winkt aus seiner Metzgerei mit der rotkarierten Schürze, Ochels Christel hupt aus ihrem Fiat, da ist ja auch Trude und der Bergerhoffs Willi. Alle winken. Es ist, als wäre plötzlich ganz Berghausen mit Carla und Illes Fahrt einverstanden. Nun ade, du mein lieb Heimatland. Carla singt es unterm Sturzhelm, während sie kuppelt, Gas gibt, die Kurven schön langsam anfährt, mitten in der Kurve erst wieder Gas gibt. Brmmbrmm, viel Kraft hat meine BMW, Carla spürt es stolz. Ein Auto überholen, Carla spürt die Blicke, richtet sich womöglich noch höher auf im Sattel. Jawohl, wir fahren, wir wollen zu Land ausfahren. Wanderlieder, Jungmädel, BDM. Aufmärsche, Singerei. Noch beim Arbeitsdienst in der Munitionsfabrik Guben, aufstehen morgens um fünf, Blümchenkaffee und Brot, aber gesungen werden musste. Eine Stunde lang. Wir sind durch Deutschland gefaharen, vom Meer bis zum Alpenschnee, oder so ähnlich, jawohl, jetzt endlich fährt Carla durch Deutschland. Wir haben noch Wind in den Haharen, den Wind von den Bergen und Seen. Das wird nicht gehen mit dem Sturzhelm. Wäre aber nicht übel, so mit Wind in den Haaren. Abends um den Häuserblock, da geht das, aber da ist es Berghäuser Wind, und das wollen sie ja nun nicht mehr. Dann lieber Deutschland und Sturzhelm.

Ille streckt die Hand aus, berührt den unter ihr fließenden Asphalt. Sie rutscht von der rechten Poseite auf die linke. Gut, dass sie nicht an einem Tag durch ganz Deutschland reisen. Das rechte Bein schläft gleich ein.

Gleich sind sie in Brunohl. Restaurant Kümmelecke. Krüstchen nennen sie dort ihre Schnitzel auf Toast. Ille seufzt. Dass sie immer ans Essen denken muss. Dabei hat sie sich vorgenommen, von dieser Reise schlank zurückzukehren. Jetzt, hat sie zu Carla gesagt, jetzt, wo ich keinen Kühlschrank mehr habe, müsste es mir doch möglich sein.

Carla hatte na ja gesagt. Sie kennt Illes unernsten Kampf gegen ihren immer gegenwärtigen Appetit. Carla, sagte Ille, wenn ihr wieder mal schlecht war von einer halben Packung Pralinen, Carla, wäre ich doch auch so groß und dünn wie du. Carla isst nur, wenn sie hungrig ist, mit eher sachlichem Interesse. Ille kann tagelang voll Sehnsucht an Eis-Meringe-Sahnekuchen denken. Und wenn Ille liest, lässt sie eisgekühlte Suchard-Vollmilch zwischen ihren Zähnen krachen. Oder Rosinen, Illes Leidenschaft. Für die besten, die großen, fährt sie eigens nach Gummersbach. Und frische kalifornische Walnüsse, Hefekuchen, warmes Brot, doppelt gebacken, mit Butter und Salz. Kann es einem Menschen denn besser gehen? Weil Ille fast wöchentlich eine neue Diät beginnt, weil sie ständig essend sündigt, wird der Genuss ins Höchstmögliche gesteigert.

Illes Fasttage fangen alle gut an. Masochistisch und souverän zugleich bereitet sie für Otto das Frühstück. Auf die eine Seite des Omelettes Cheddarkäse raffeln. Zuklappen, kurz ziehen lassen. Filterkaffee, frisches Weißbrot. Ille sieht Otto genießen, trinkt Kräutertee, fühlt sich leicht und jung. Bald wird sie so fragil wie früher aussehen. Dass Ille alt wird, voilà, aber sie will eine magere Alte sein. Wie Carla.

Mittags bereitet Ille Rouladen vor. Sie ist heiter, Otto mag gern Rouladen. Sie hackt Champignons, geschälte Tomaten, Schinken, Zwiebel, Käsewürfel für die Füllung. Reichlich Senf aufs Fleisch. Ille macht sechs Stück, da wird die Sauce besser. Den Rest wird sie einfrieren.

Für sie selbst gibt es nur eine Bouillon aus dem Würfel. Heldenhaft sieht sie zu, wie Otto und Frau Herzlieb, die Putzfrau, sich mit Rouladen und Kartoffelbrei verschlacken. Sie, Ille, kann schon den Bauch ein wenig einziehen. Otto sagt kein Wort zu Illes Entsagung, spürt nur heimlich Triumph, als er später sieht, wie Ille beim Aufräumen verstohlen einige Rosinen in den Mund schiebt. Otto weiß, das ist der Schneeball, der Anfang der Lawine. Und der Schneeball rollt. Erst ganz langsam. Rollt noch ein paar Rosinen hinein in Ille, Walnusshälften. Höchstens 80 Kalorien insgesamt. Mit der Paketpost kommt das Journal ›Essen & Trinken‹, das Ille abonniert hat. Sie liest es ebenso gern wie Thomas Mann, Max Frisch oder Isaak Babel. Gefüllte Seezunge mit Krebsen, Eis mit Orangensirup. Ille hält es nun nicht länger. Ein Stück Briekäse aus dem Kühlschrank schmilzt köstlich auf der Zunge, so eine Avocado-Terrine wie auf dem Bild dort wird sie bald mal machen. Doch Brie ist auch nicht schlecht, vor allem, wenn man ihn sich verboten hat. Aber scharf ist er. Gut, dass noch eine halbe Flasche Würzburger Stein da ist. Als kleiner Nachtisch noch ein paar Nüsse und Rosinen. Sonne Kaliforniens. Von Nüssen bekommt Ille leider Kopfschmerzen, aber nur, wenn sie zu viel isst. Das wird sie heute aber keinesfalls tun, denn heute hält sie ja Diät. Noch sind die Kalorien unter tausend, noch nimmt Ille ab. Aber ihre Niederlage lauert schon im Kühlschrank. Ille fühlt mit kalter Wut, wie ihr anderes Ich, das gefräßige Tier in ihr, das Spiel gewinnt. Dies Tier wird gleich aus der souveränen, abstinenten Ille ein Bündel wütender Fresslust machen, wird ihren Appetit hochpeitschen zur Gier. Das Tier treibt sie zum Kühlschrank, lässt sie über kalte Rouladen und Kartoffelbrei herfallen. Wie gut, dass Otto nach dem Essen in die Praxis muss. Warm ist es Ille geworden. Sie ist müde. Die flattrige Leichtigkeit des Morgens ist erdrückt von der Lawine, donnernd sind alle Vorsätze zu Tal gegangen. Ille legt sich aufs Sofa, unsäglich satt. Aber morgen, morgen wird sie fasten.

Als Ille aus einem Stundenschlaf erwacht, ist es halb vier. Das Tier in Ille hat nicht geschlafen, es beschwert Ille einen kompletten Heißhunger auf Süßes. Aber es ist nichts mehr im Vorratsschrank. Nicht mal Kochschokolade. Die ist schon bei der letzten Lawine mitgegangen. Doch Ille weiß Rat. Heut kommt es ohnehin nicht mehr drauf an. Sie lässt Butter in der Pfanne schmelzen. Mandelstifte finden sich noch. Zucker, Vanillezucker, das hüpft und kracht in der Pfanne. Nun noch Sahne dazu, nicht recht wenig, eine cremig süße Wolke steigt auf. Ille kann es nicht erwarten, dass die heiße, süße Lava auf der Alufolie erstarrt und abkühlt. Selig formt sie die zähe Masse, holt das neue Time-Life-Kochbuch, liest voll karamelliger Seligkeit. Wieso auch nicht – morgen …

Ein Lastwagen, der das Gespann überholt, weckt Ille dröhnend aus ihren Fressträumereien. Sie sieht, schuldbewusst, Carla neben sich konzentriert kuppeln, schalten, Gas geben. Wie ein schlanker Junge sieht Carla aus. Ille denkt es glücklich. Denn jetzt fährt sie ja ihren Siegen entgegen. Und Ille bemerkt mit zufriedener Überraschung, dass viele Autofahrer und Fußgänger ihnen nachschauen. Wir haben Seltenheitswert. Und wenn die enge Hose noch so kneift, Ille wird den Reißverschluss nicht öffnen. Seufzend wechselt sie wieder auf die andere Seite ihres Hinterteils.

Sie kommen jetzt durch Ründeroth. Ille sieht gleich links am Ortseingang das schöne alte Schieferhaus. Hier hatten die Großeltern ihre Konditorei. Es gab Fotos der Familie in einem offenen Opel. Alle schauten mit Strenge aus ihren Lederkappen, als müssten sie beweisen, wie ernst das Leben war. Von denen hab ich wahrscheinlich meinen Hang zum Süßen, denkt Ille verstimmt, andererseits ist es auch wieder entlastend, auf die mendel'schen Gesetze verweisen zu können. Vater mochte auch so gern Süßigkeiten.

Doch diesmal wird alles anders laufen. Ille setzt sich in der Gondel so gerade hin wie Carla im Sattel. Sie wird es diesmal schaffen. Den Prozess des gekonnten Abnehmens hat sie schon eingeleitet. Mit Glaubersalz. Und gerade spürt sie auch den leisen Schmerz, das Zusammenziehen des Dickdarms. Ille weiß, dass es den Darmwänden, der Darmschleimhaut auf die Dauer schadet, wenn man Abführmittel nimmt. Das Glaubersalz ist das kleinste Übel. Und jetzt muss Ille. Und zwar dringend. Sie macht Carla Zeichen. Daumen nach unten, das heißt, es muss dringend gehalten werden. Glücklicherweise sind sie auf einer Feld-, Wald- und Wiesenstrecke kurz vor Overath. Ille schiebt den verdammt engen Sturzhelm hoch, als Carla hält: Kannst du nicht bis Overath warten?

Nein, jetzt.

Wie, du gehst wahrhaftig in den Graben? Sag, hast du etwa wieder Glaubersalz …

Wer es so nötig hat wie Ille, dem sind Worte und Orte gleichgültig. Zu einem Diättag gehört die morgendliche Verdauung, das muss Carla einsehen. Oh, diese verdammte Motorradhose. Und dauernd fahren Autos vorbei. Ille wünscht sich für eine Viertelstunde zurück in die Goethestraße, auf ihr schönes Klo mit den Weinblättern auf der Tapete, den goldenen Armaturen, dem Muschelwaschbecken. Ille fragt nach oben, ob wer komme.

Ja, eine ganze Schulklasse, nein, lass dich nicht ärgern, niemand ist zu sehen.

Carla ist so glücklich, so unerreichbar froh an diesem Tag, dass sie Illes sonderbare Reisegewohnheiten lustig findet. Soll ich dir Tempotücher runterwerfen?

Gleich werden sie in Overath sein. Und da hat Carla eine Überraschung für Ille. Sie werden im Schloss Auel zu Mittag essen. Warum können nicht alle Straßen stille Alleen sein? Carla bugsiert ihre Maschine neben einen hellblauen Morgan. Passt. Ille zählt zehn Mercedes, aber natürlich kein Gespann. Ob die uns in unserem Lederzeug reinlassen? Wenigstens erneuern beide rasch das Make-up.

Zum letzten Mal verschiebt Ille ihre Diät auf morgen. So ein Unsinn aber auch, der erste Reisetag muss doch gefeiert werden. Das kann sie Carla nicht antun. Komm jetzt, Ille. Carla marschiert sich Mut zu. Im Restaurant wenden sich die Köpfe, sind die Gesichter höhnisch? Der Ober, dünn und bleich und vornehm, übersieht erst einmal ihre Ankunft. Dieser Arsch. Carla will sich schon schützend vor Ille werfen, zum Angriff blasen. Da sieht sie, wie Ille sich gelassen eine Rose aus einer der Tischvasen herauszieht, sie sorgfähig an der Tasche ihrer Lederjacke befestigt. Der Besitzer des Hotels, zugleich der Schlossherr, eilt herbei, weist ihnen freundlich einen Tisch am Fenster zu, winkt dem Ober, der jetzt mit der Liebenswürdigkeit eines dressierten Affen um sie herumturnt. Na, Junge, muss dir der Papa immer erst alles drei Mal sagen? Carla findet, dass Ille sich schon passend zum Habitus ausdrückt.

Ille hätte jetzt gern ihr neues Seidenstrickkleid angehabt, ihr war viel zu warm in der Lederhose. Und der Sturzhelm hatte die Haare verdrückt. Ille wäre ihrem Publikum lieber in Hochform gegenübergetreten, mit dezentem Make-up. Rechtzeitig fällt ihr noch ein, dass sie die Beachtung einzig und allein der Ledermontur verdankt. Seufzend greift sie zur Speisenkarte.

Das Menü, alles nur Pröbchen, wie Ille findet, schließen sie mit einem Iphöfer Kalb ab. Der macht munter, und sie wollen ja noch bis Köln.

Carla sieht zum Himmel. Als Geschiedene hatte sie ohnehin Komplexe. Und weil sie sich oft über die Frauenfeindlichkeit der Kirche geärgert hatte, war sie eines Tages ausgetreten. Die da oben waren irgendwie heikel, das hatte Carla an dem Tag gemerkt, als sie aufs Amt ging, ihren Austritt zu bekunden. Erst sprang das Auto nicht an. Dabei war es erst eine Woche alt. Carla hatte zum Himmel gesehn und denen da oben gesagt, dass sie dann eben mit dem Bus führe. Als sie auf dem Amt ankam, war dort für Parteienverkehr geschlossen.

Seitdem hatte sie ein gespanntes Verhältnis zu Gottvater und Sohn. Hatte Carla früher je gewusst, wo der Trigeminusnerv sitzt? Bei jedem kühlen Lüftchen stachen ihr jetzt Messer in den Kopf, genau über dem Ohr. Aber so lagen die Dinge nun mal.

Carla hilft Ille, den Regenschutz zu schließen. Sie weiß, die Straße ist nach der langen Trockenheit schmierig. Sie muss jetzt aufpassen, vorsichtig fahren, vor allem in den Kurven.

Kurz vor dem Heiligenhauser Berg verliert die Maschine an Kraft. Macht blubb, blubbblubb, blubb. Carla lenkt gerade noch auf den Seitenstreifen, die Maschine steht und bleibt auch stehen.

Ille steigt gar nicht ungern aus, spannt ihren Schirm auf. Carla macht das schon. Früher, als es die Autobahn nach Köln noch nicht gab, war Ille oft diese Straße gefahren. Aber sie hatte nie gesehen, wie grün die Wiesen und Sträucher waren. Knorrige Bäume, jeder einzelne ein Kunstwerk.

Und die Luft. Illes Lungen können kaum fassen, was sie jetzt in sich hineinpumpt.

Selten, dass hier ein Auto vorbeifährt. Sie brauchen auch keines. Carla dreht an Hebeln und Kerzen, lässt den Motor heulen, Ille ist fast ehrfürchtig. Für sie grenzt, was Carla kann, an Hexerei.

Doch Carla ist bald ratlos. Sie hat alles versucht, was sie gelernt hat: Ist genug Benzin im Tank? Steht der Benzinhahn richtig, Benzinleitung zum Vergaser sauber, Filter verstopft, Düsen sauber? Ist der Vergaser übergelaufen, stimmt die Choke-Einstellung? Carla schraubt und schaut und lässt an und gibt Vollgas – der Motor lässt sich nicht zum Laufen bewegen.

Mist!

Carla sagt, das hängt mit der Feuchtigkeit zusammen, ich komme nicht dahinter, was es sonst sein könnte.

So langsam wird die Warterei im Regen doch ungemütlich. Ille und Carla stellen sich an den Straßenrand, winken. Von den wenigen Autos, die vorbeifahren, hält keines an. Beim Fünften ist Carla erbittert. Egoistische Schweine! Komisch, bei so was fällt mir immer der Krieg ein. Wie waren wir verhungert, und doch hat jeder jedem geholfen. Zu fremden Leuten konntest du an die Tür gehen, sie nahmen dich auf, ohne zu fragen. Gaben dir

Adressen von Freunden und Verwandten, die halfen einem wieder weiter. Was hätte sie, Carla, damals gemacht, als sie plötzlich, zwanzigjährig, sich allein zwischen Trümmern fand? Wenn die Lessings aus dem einzigen, noch nicht zerstörten Mietshaus in der Nähe sie nicht aufgenommen hätten ohne zu fragen. Im Luftschutzkeller machte die Tochter Carla Platz auf dem Feldbett. Als die Russen in die Keller drangen, krochen die beiden Mädchen drunter, und die alten Lessings setzten sich davor, misshandelt von den Russen, die sie raustreiben wollten, weg von den Betten. Die Lessings hielten durch. Jeder teilte mit jedem das wenige Brot, die Haferflocken, trockene Zwiebäcke. Und heute?

Es ist auch weit und breit kein Haus zu sehen. Die Wiesen dampfen jetzt, bald wird es Abend sein. Schließlich kommt ein Mann auf dem Fahrrad. Er hat den Kragen seines Jacketts hochgeschlagen. Ist tropfnass. Als er bei den Frauen angelangt ist, sieht Ille, dass er dunkle Augen mit langen dichten Wimpern hat, wie sie überflüssigerweise häufig junge Männer haben. Er fragt jetzt, fröstelnd: Kann ich helfen?

Ille und Carla sehen sich an. Ein Türke? Oder ein Jugoslawe? Egal, wenn er nur die Karre wieder flottmacht.

Mitkommen – sagt er zu den beiden. Ich wohne da drüben. Er zeigt auf die Baracken.

Ille sieht Carla unsicher an. Der hübsche dunkelhaarige Mann, dieser Ausländer, ist ihr nicht ganz geheuer. Doch Carla will nicht zeigen, dass ihr auch nicht so ganz koscher ist. Wir kommen mit, entscheidet sie.

Der Mann deutet auf sich. Ich Aslan. Dann schaut er Carla an. Und du?

Carla, sagt die widerwillig. Ille stellt sich korrekt vor. Ich heiße Ille Rosenkranz, sagt sie betont langsam und meint leiser zu Carla: Man muss mit Ausländern richtig sprechen, sonst lernen die das ja nie.

Ja, ja, sagt Carla ungeduldig. Der Mann schiebt nun die Maschine, Carla nimmt das Rad, Ille geht nebenher. Sie schaut Carla schon mal verstohlen an. Man merkt, sie ist dem, was jetzt auf sie zukommen mag, nicht abgeneigt. Ille hat nichts gegen Abenteuer. Carla dagegen passt es nicht, dass ein Mann etwas können sollte, was sie selber nicht fertigbringt. Aber was half's? Jetzt war schon alles egal.

In der Baracke brennt Licht. Es ist inzwischen später Nachmittag geworden. Als Aslan laut ruft, erscheint ein älterer, ebenso dunkellockiger Mann unter der Barackentür, er ruft etwas auf Türkisch. Daraufhin erscheinen noch zwei Männergesichter hinter ihm. Aslan stellt die Maschine unter eine Art Vordach, wo bereits drei Fahrräder und zwei Mopeds parken.

Die Männer haben Platz gemacht, lassen die beiden Frauen ins Haus. Das sind genau genommen ein großes Zimmer, ein wachstuchbezogener Tisch mit Stühlen drumherum, ein Ofen, an den Wäscheleinen hängen Unterhosen und -hemden. Es gibt einen Fernseher und einige wolleumwölkte Puppen, offenbar von den in der Türkei gebliebenen Frauen gestickt.

Verlegenheit macht sich breit. Aslan hat die Lage geklärt. Der Älteste, Hasan, bietet den Frauen Stühle an. Ille und Carla nehmen die Helme ab, ziehen die nassen Lederjacken aus, Ille zupft vor dem Spiegel verstohlen die Haare zurecht.

Hasan fragt streng: Warum wollt ihr Motorrad fahren? Carla, die weiß, dass in der Türkei die Frauen oftmals noch mittelalterlich leben, hat ein hochmütiges Gesicht, das keinen Widerspruch duldet.

Hasan begreift es zwar nicht, hat aber sprachlich nicht die Möglichkeit, die Sache näher zu untersuchen.

Ille hat andere Sorgen. Ille muss wieder aufs Klo.

Toilette, sagt sie zu Hasan. Wo ist bitte die Toilette?

Die Männer sehen sich ratlos an. Lokus, sagt da Carla erklärend, Klo!

Schließlich versteht der Jüngste. Ah, Scheißhaus!

Hilfsbereit zieht er einen dünnen Vorhang beiseite, hinter der eine kahle Kloschüssel steht. Doch Ille ist total verlegen. Sie sieht Carla an. Ich kann doch da nicht – hier so direkt neben all den Männern …

Ille ist verzweifelt und Carla weiß auch keinen Rat. Ihr würde es genauso gehen, nur, sie muss gerade noch nicht.

Wieder ist es der Junge, der die Situation erfasst und rettet. Nicht schlimm. Ich spiele, du kannst scheißen.

Er holt eine Gitarre, setzt sich direkt neben den Vorhang und fängt an, laut zu spielen und dazu zu singen.

Ille begreift, er wird alle ihre Aktivitäten da drinnen übertönen. Verlegen, aber erleichtert geht sie hinter den Vorhang. Der Junge spielt furios und die anderen singen verständnisvoll mit.

Während zwei der Männer draußen das Motorrad in die Mache nehmen, will Carla auch was tun. Sie will den Türken nicht dankbar sein müssen. Da ist sie froh, dass sie in einer Joppe einen Winkelriss entdeckt.

Zieh aus, sagt sie zu dem Besitzer, und als der verständnislos guckt, noch mal: Also mach schon, ausziehen!

Ille kann besser mit ihm umgehen. Sanft und freundlich zieht sie selbst dem Mann die Joppe aus, zeigt auf seinen Winkelriss. Carla, die Nähzeug im Gepäck hat, macht sich drüber. Plötzlich hat jeder der Männer was Kaputtes. Ille hilft beim Nähen, und als zwei Männer jetzt anfangen, das Abendessen zu kochen, spüren die Frauen, dass sie Hunger haben. Es gibt Kichererbsen und Hammelfleisch. Ille graust es.

Es ist spät geworden, die beiden Mechaniker haben längst gemeldet, dass das Motorrad in Ordnung ist.

Carla muss sich erst an die Dunkelheit gewöhnen, sie fährt langsam. Beide genießen die nach Blumen und Gras schmeckende Mailuft. Ille kämpft mit dem Hammel, der ihr aufstößt. Als sie über die Rheinbrücke fahren, bleibt hinter ihnen das Bergische zurück. Sie stellen die Maschine ab, blicken in den kupfern schimmernden Fluss.

Ille überlegt, warum Carla den Türken gegenüber so verkrampft war. Warum ist es ihr so schwergefallen, die Hilfsbereitschaft der Männer anzunehmen? Vorher beklagt sie sich, dass alle Leute so egoistisch sind, und dann passt es ihr nicht, weil es Türken sind, die helfen. Manchmal hatte Ille das Gefühl, in Carlas Kopf spuke immer noch die Idee der Herrenrasse herum.

Als könne sie Illes Gedanken lesen, dachte Carla unbehaglich, wie natürlich und selbstverständlich Ille die Hilfsbereitschaft der Türken angenommen und erwidert hatte. Ille ist so menschenfreundlich, wie es ihr Vater war, dachte Carla. Warum kann ich nicht so selbstverständlich herzlich sein? Carla war nicht zufrieden mit sich.

5

Ele ist Illes einzige Tochter. Sie wohnt direkt am Rhein, neben dem altkölschen Restaurant »Zum Krüzche«. Und dahin gehen Ille und Carla dann auch mit Ele und ihrem Freund Michael, um den Beginn der Reise zu feiern. Wenn ihr nicht mitsamt der Maschine hier vor mir ständet, sagt Ele, ich würde es nicht glauben. Michael meint das auch. Respekt, Respekt, ihr traut euch was.

Carla tätschelt Ele liebevoll. Mädchen, du wirst ja immer schöner. Hast du ein bisschen zugenommen? Ele schaut Michael an, für einen Sekundenbruchteil kreuzen sich ihre Blicke. Und als Carla und Ille fragend schauen, nickt Ele und greift Michael in die kräftigen Haare. Ja, Leute, im Oktober ist es so weit.

In Ille sind die Waagschalen Freude und Nachdenklichkeit noch in Bewegung, als Carla lachend sagt: Siehst du, Ille, jetzt wirst du auch Oma und fährst im Hühnerstall Motorrad. Ille zögert, meint dann verwirrt, dass Otto es auch wissen solle, oder?

Ele nagt an ihrer Unterlippe, schaut rasch zu Michael, der sich konzentriert seine Pfeife stopft. Nee, lieber nicht, sagt Ele schließlich, der Papa fragt sofort, wann wir heiraten wollen.

Ach so. Ihr wollt nicht …

Ele und Michael leben seit drei Jahren zusammen. Ele hat in Philosophie promoviert und arbeitet im Feuilleton des ›Kölner Stadtanzeigers‹. Michael, Physiker, redigiert das Verbandsblatt der Deutschen Physikalischen Gesellschaft. Beide sind sich sicher, dass sie die täglichen Probleme des Elterndaseins lösen können. Michael, der vorwiegend daheim arbeiten kann, will mit Hilfe eines Au-pair-Mädchens das Baby betreuen, wenn Eles Mutterschutz abgelaufen ist.

Ille findet zwar, dass es keinen Grund gebe, nicht zu heiraten. Aber sie hütet sich, diesen Gedanken auszusprechen. Außerdem hat sie sich schon oft schmerzlos gehäutet, zu ihrem eigenen Erstaunen. Ihr waren Konventionen inzwischen von Herzen gleichgültig. Auch Ille hatte, wie die meisten ihrer Generation, gelernt, dass die Mutter eine hohe, hehre Gestalt ist. Die Familie mit mehreren Kindern das höchste Gut. Fahnenschwenkend, reigentanzend, mit blondem Zopfkranz, blauäugig, als schöne Blume im Kranz der arischen Mädchen war Ille früher überall hofiert worden. Es entsprach ihrer Natur, alle Vorteile, die ihr daraus erwuchsen, wahrzunehmen und sich im Übrigen, was sonst, an die Maxime ihres Vaters zu halten. Als Mutter Mitte der Dreißigerjahre die Ortsgruppe der Reichsfrauenschaft übernahm, Säuglingskurse, Koch- und Nähkurse abhielt, als sie sich für ihre Tochter nur noch deshalb interessierte, weil sie schön war und blond, da hörte Ille den Vater zur Mutter sagen: Hätte ich mir eigentlich denken müssen, dass du dem auch hinterherrennst. Von diesem Zeitpunkt an wusste Ille, dass sie über Adolf Hitler nicht mehr nachzudenken brauchte. Nach Vaters Tod 1938 stolperte sie völlig beziehungslos durch ihre Gymnasialjahre. Der Unterricht, in den Kriegsjahren nur noch sporadisch erteilt von uralten Männern – die Lehrer waren eingezogen –, machte ihr keinerlei Probleme, ging sie aber auch nicht viel an. Ebenso orientierungslos studierte sie einige Semester Germanistik. Ständig auf der Suche nach dem Vater. Ab Herbst 1941 fuhr Leutnant Otto Rosenkranz, in Polen verwundet, gleichfalls täglich mit dem Zug nach Köln, sein Studium zu beenden. Ille hatte eine Zeit lang geglaubt, er könne ihre Fragen beantworten. Und dann war sie verheiratet, zu ihrem eigenen Erstaunen.

Gerade hörte sie Michael sagen: Wenn einer unser Kind schwach anredet, weil seine Eltern nicht verheiratet sind, dem geb ich persönlich eins auf die Nuss. Im Übrigen, ich bin es ja nicht, der das Standesamt meidet wie der Teufel das Weihwasser. Die Ele besteht darauf, die will unser Kind ohne staatlichen Segen in die Welt setzen.

Carla hört nur halb zu. Jedes Wort, die ganze Person Michaels, der vor erwartungsvoller Freude manchmal zu glühen scheint, treibt Carlas Erinnerungen zurück in die Vierzigerjahre, zurück zu Arthur.

Berlin, erster November 1944, ein halbzerbombtes Kino am Kudamm. Carla, erschöpft, durchgefroren vom Kriegsdienst im Germanischen Museum. Seitdem konnte Carla keine Tontöpfe mehr sehen. Völlig kraftlos saß sie in der dritten Reihe. Brigitte Horney und Hannes Stelzer in ›Katzensteg‹. Von den hinteren Reihen turnte plötzlich ein junger Leutnant auf den Sitz neben Carla. Hier, nehmen Sie mein Taschentuch. Arthur, Kameramann bei der Heeresfilmkompanie, stationiert in Mittenwald, abkommandiert nach Babelsberg. Er ließ Carla nicht mehr los. Er war ihr Erster, Einziger, Wunderbarer. Trotz drei Semestern Theaterwissenschaft in Wien bei Professor Kindermann, wo Carla mit ihrer Freundin Gerda Dudek völlig frei in einer Wohnung gelebt hatte, umworben von Dozenten und Kommilitonen, war Carla in der Liebe völlig unerfahren. Hatte alles gesehen, gehört, nichts an sich herangelassen. Und jetzt? Überall in und auf Carla war Arthur, seine Hände versiegelten ihre Haut, ein für alle Mal. Die Süße, die sie durchfloss, wenn sie ineinandergeschmiegt lagen, sich küssten mit weit offenen Augen, Körper und Seele ineinander verschmolzen. Damals hatte Carla nicht wissen können, dass dies alles unabänderlich, nicht wieder rückgängig zu machen war.

Dann musste Arthur zurück zu seiner Einheit. Er beschwor Carla, zu überleben. Du musst überleben, ich werde dich finden. Versuch, in der Nähe einer Küche zu bleiben, das ist eine alte Soldatenweisheit, in der Nähe einer Küche wirst du überleben. Carla begriff seine Beschwörungen nicht, sie fielen ihr erst wieder ein, als sie, halbverhungert, von Ekzemen und Allergien entstellt, ihre Freundin Gerda Dudek in den Trümmern Berlins traf. Gerda arbeitete bei den Amerikanern als Waitress im Casino. Zuerst wollte Carla ihr Angebot, doch mitzumachen, empört ablehnen. Dann fielen ihr Arthurs Worte ein, und sie ging mit. Von dem Einstandsessen bei der amerikanischen Küchencrew war ihr sterbenselend. Nach Hunger-Ewigkeiten wieder Kaffee mit Sahne, Butter, Gemüse, Fleisch. Wochen später hatte sie sich erholt, Haut und Haare waren gesund. Da brachte ihr eine Frau Nachricht von Arthur. Er war in München, suchte Carla, ließ sie bitten, zu ihm zu kommen. Carla gab, ohne zu überlegen, ihr sicheres Küchennest auf, kämpfte sich durch Kälte und Dreck über die grüne Grenze nach München. Am Biederstein wohnte Arthur, in der Luxemburger Straße bei einer Lehrersfamilie. Als Carla die Zuzugsgenehmigung hatte, heirateten sie. Das schwarze Kostüm lieh ihr die Zimmerwirtin, der Veilchenstrauß am Revers war das Geschenk eines Freundes, der sie in seinem Borgward zum Standesamt fuhr.

Das zerbombte München war die Kulisse ihrer Träume. Das heißt – Carla träumte und Arthur organisierte. Er hatte irgendwo Lederstücke aufgetrieben, darauf stempelten sie das bayerische Wappen, Carla malte es bunt, und Arthur tauschte. Sie hatten einander, und sie glaubten, niemals genug voneinander zu bekommen. Jeden Abend, jede Nacht herbeigesehnt, obwohl Carla wieder und wieder die Vergewaltigungen der Frauen in Berlin in ihren Träumen durchlebte, schreiend, nass geschwitzt erwachte.

Immer war sie entkommen, bis eines Morgens auch sie von Russen in ein Zimmer getrieben wurde, ein heilgebliebenes im Hochparterre einer Villa. Einige der Russen hielten mit ihren Maschinenpistolen die weinenden Frauen in Schach, die sich aneinanderklammerten, den Russen in nutzloser Gegenwehr ins Gesicht schlugen, was ihnen brutale Schläge mit den Gewehrkolben eintrug. Carla stand zitternd vor Wut und Hass und Liebe zu den anderen. Ein ganz junges Mädchen klammerte sich an sie, das Gesicht zerrissen von Angst. Arthur, schrillte es in Carla, Arthur, sie dürfen mich nicht kriegen. Und Carla riss die Kleine mit sich, sprang mit ihr, ohne sich zu besinnen, aus dem offenen Fenster, die Russen schossen hinterher, doch sie entkamen, durch die Trümmer rennend, das hatten sie gelernt. Eng aneinandergepresst fanden sie sich zwischen Mauerresten, hechelnd, halb besinnungslos, kämpfend um den nächsten Atemzug.

In München, in Arthurs Armen, kehrten die Träume immer seltener wieder. Und als Carla merkte, dass sie schwanger war, schien es ihr die logische Konsequenz.

Arthur. Sie freute sich auf seine Freude. Er war liebevoll, erfindungsreich zärtlich wie nur je, doch er konnte sein Entsetzen nicht verbergen. Ein Kind? Jetzt? Wovon? Er hatte Carla noch nicht gesagt, dass er in Mittenwald einen Sohn hatte, überrascht worden war von einer Vaterschaft, die er nicht gewollt hatte, für die er sich nolens volens jetzt verantwortlich fühlte. Aber nicht noch ein Kind, Carla, soll es denn hier groß werden, in dieser Bude? Wir haben keine Zukunft, Carla, wenn wir jetzt nicht die Ellenbogen gebrauchen.

Die Abtreibung hatte Carla fast umgebracht. Arthur war gerannt, hatte Penicillin aufgetrieben, Carla kam davon. Lange hatte sie nicht begriffen, dass mit dem zwölf Wochen alten Fötus auch Arthur in ihr umgebracht worden war. Sie konnte nicht mehr mit ihm schlafen, sie verkrampfte sich, verkroch sich wie ein krankes Tier. Kam Arthur abends vom Schwarzmarkt, fragte er sie, was sie den ganzen Tag getan habe, und sie sagte: Nichts.

Nichts war ihr geblieben. Hochzeitsfotos, die immer noch wehtun. Auch Rudolf, den sie vier Jahre später heiratete, auch die beiden Kinder haben die Wunde nicht schließen können, die immer dann schmerzt, wenn Carla sieht, wie ein Mann sich auf sein ungeborenes Kind freut. So wie jetzt Michael, der das künftige Kinderzimmer ausmalt. Blauer Himmel, weiße Wölkchen. Carla hört gerade Ille zu ihrer Tochter sagen: Du willst den Staat raushalten aus eurer Beziehung, klar, aber wenn das Kleine da ist, dann steht er euch auf der Matte, der Vater Staat, dann hast du nämlich das Jugendamt am Hals. Überleg es dir. Heiraten ist so schlimm nicht, wir haben es auch überlebt, Carla sogar schon zwei Mal.

Ille nahm bei diesen Worten Carla fest in den Arm. Sie wusste wenig von Carlas erster Ehe, und Carlas Schweigen sagte Ille genug. Sie wusste, dass Arthur inzwischen ein bekannter Kameramann war, ausgezeichnet mit Filmpreisen, zum zweiten Mal geschieden, und dass er immer wieder Verbindung zu Carla aufnahm. Er tauchte ab und zu in Berghausen auf und hatte es verstanden, sich mit Rudolf anzufreunden. Und an Carla beobachtete Ille eine Haltung, ein Wesen wie ausgewechselt, ganz untypisch für die Freundin. Wenn Arthur sich anmeldete, schmückte Carla das Haus, putzte die Kinder heraus, die Zugehfrau musste beim Essen servieren, und Carla ummalte ihre Augen, puderte Nase und Backenknochen, trug die von der Mutter geerbten langen Brillantohrringe. So sah man Carla in Berghausen sonst nie.

Carla war schön, zweifellos. Doch da war etwas in ihrem Gesicht zu lesen, das Ille sonst nie sah. War es die Rache, die Carlas Stirn und Backenknochen noch höher scheinen ließ, ihren Mund noch stärker als sonst vorwölbte?

Als Ille und Carla sich in Michaels Zimmer schlafen legen, sagt Ille zu Carla, dass sie heute ihre letzte Illusion als Mutter begraben habe: Ich schaue in Eles Leben nur durch die Dachluke, sagte Ille und wundert sich über den sachlichen Klang ihrer Stimme.

6

Am nächsten Morgen fahren sie nach Bonn. Auf dem Marktplatz sitzen sie in der Sonne und essen die Schinkensemmeln, die Ele ihnen mit Gurken und Ei belegt hat. Carla denkt an den zehnten Oktober im letzten Jahr, da war sie hier, hat mit Ille am Friedensmarsch teilgenommen. Wie hatte Ille sich gewehrt, sie wollte nicht mitkommen. Wenn das schiefgeht, wenn das Krawall gibt, die Polizei, die kommt mit Wasserwerfern, die prügelt mit Gummiknüppeln. Wenn du nur hingehst zu einer Demo, nicht mal mitmarschierst, kannst du wegen psychischer Beihilfe verurteilt werden. Und wenn du einen Sturzhelm aufsetzt, weil du nicht gern einen Stein am Hirn hast, dann können sie dich auf Schadenersatz verklagen, wenn bei der Demo was zu Bruch geht. Ich und demonstrieren, das ist doch das Letzte, womit sich der Mensch beschäftigen möchte.

Und dann war sie doch mitgekommen. Schon auf der Fahrt nach Köln hatte sie ganz helle Augen gekriegt, weil der Zug voller Marschierer und die Stimmung ernst und gleichzeitig heiter war. Schweigend marschierten sie hinter einem Transparent, inmitten Junger und Älterer. Leute, wie man sie bei Autorenlesungen trifft, bei Straßenfesten und Jazzkonzerten. Und in der Kirche.

Ille, sagt Carla und blinzelt schmerzlich in die grelle Sonne. Ille, ich weiß ja, dass ich nicht glaubwürdig bin. Ich rede, rede und tue nichts.

Aber manchmal halte ich den Gedanken nicht aus, dass ich nun schon zum zweiten Mal zusehe, wie Menschen zerstört werden. Wir haben es alle gewusst damals, du auch, Ille, wir wussten doch, was die Nazis gemacht haben, und wir haben nicht geschrien, als Sophie Scholl umgebracht wurde. Und heute, heute sitzen wir wieder im Garten zwischen den Rosen und lesen zum Frühstück, wie in El Salvador Menschen gefoltert werden. Wir wissen, dass wir in eine atomare Katastrophe hineintreiben und laufen nicht schreiend auf die Straße. Und du – Carla tippt mit dem Zeigefinger auf Illes Brust –, du solltest jetzt bei den Greenpeace mitmachen, damit dein künftiger Enkel noch Luft zum Schnaufen und eine Wiese zum Spielen hat.

Ille war kurz aufgeschreckt, schloss dann aber wieder die Augen. Es war so schön in der Sonne. Warum wollte Carla sie immer politisch auf Trab bringen? Was könnte man denn ändern? Was war falsch daran, auf dem Teppich zu bleiben? Die Politik hatte sie beide genug gekostet. Immerhin ihre ganze Jugend. Nicht mal in die Tanzstunde hatte sie gehen dürfen, weil dauernd Staatstrauer war und ihre Mutter sich jedes Mal aufführte wie eine Heldenwitwe. Ille war, so oft es ging, zu ihrer Kusine Elli ausgerückt. Elli, schon zwanzig, hatte der vier Jahre Jüngeren bereitwillig und heimlich ihre Swingplatten aufgelegt und ihr Foxtrott beigebracht.

›Let's go slumming‹, Ellis Lieblingsschlager. Ille hatte ihn hingerissen gesummt. Tommy und Jimmy Dorsey, Count Basie, das gefiel ihr. Nicht ihr Kommando zur Kinderlandverschickung, wo sie gemeinsam mit anderen Oberschülerinnen im KLV-Lager Kinder aus dem Ruhrgebiet zu beaufsichtigen hatte. Jede Woche wurde entlaust mit Sabadill-Essig, der in großen Kanistern angeliefert wurde. Ille flüchtete sich in eine Grippe, bekam Allergien, der ganze Körper war überdeckt mit Pusteln. Sie kam in ein Krankenhaus im Sauerland, lag im Zimmer mit einer uralten Frau, die schnarchte, als sei sie ständig vor dem Ersticken. An Schlaf war für Ille nicht zu denken, bis sie draufkam, ihre Nachttischschublade mit Schwung aufzuziehen und mit demselben Karacho wieder zuzuwerfen. Davon schreckte die Nachbarin hoch, und eine Weile war Ruh. Später konnte Ille diesen Nachttischtrick erfolgreich bei Otto anwenden. Dies war aber auch das einzig Nützliche, was sie im Dritten Reich gelernt hatte. Nicht mal Männer zum Flirten hatten sie gehabt. Als sie noch auf Urlaub kamen, wie Gerd Christian, durfte man sich höchstens mal zufällig an einem Schaufenster treffen. Und dann kamen sie nicht mehr zurück, allein in Berghausen hatten sie zweihundert Gefallene. Auch Gerd Christian gehörte dazu. Nie wieder Krieg, da hatte Carla schon recht. Aber wenn Ille sich entscheiden müsste: politische Ochsentour oder Kloster, sie träte ins Kloster ein.

Als sie sich aufrappeln, um weiterzufahren, fährt die Verstimmung mit. Wie der Himmel, der sich mehr und mehr bewölkt, verdüstern sich ihre Gesichter. Carla fährt aggressiver als sonst, überholt doch tatsächlich den Volvo, Vorsicht!, da kommt doch ein Bus! Wenn sie so weitermacht, fahre ich mit der Bahn zurück. Ille macht sich ganz klein im Seitenwagen, sehnt sich nach dem sonnigen Platz auf dem Markt zurück.

Carla hat Herzklopfen bekommen. Sie ist zwar eine sichere Autofahrerin, seit nahezu dreißig Jahren fährt sie ambitionslos und sicher. Doch hier hat sie die Beschleunigungskräfte der Maschine überschätzt. Das darf nicht noch mal passieren. Ille, verzeih. Sie sieht aus den Augenwinkeln, dass Ille ihr droht. Hast ja recht.

Sie fahren durchs Ahrtal. Sinzig, Bad Neuenahr. Carla möchte die Südschleife des Nürburgrings fahren, wie früher mit Rudolf. Ille schwört, sich tot zu stellen, aber auch ihr macht die kurvige Berg- und Talbahn Spaß, als sie nach den ersten beiden Kilometern merkt, dass Carla betont vorsichtig fährt.

Ille war als Mädchen schon öfter in der Eifel, doch heute scheinen ihr die Eifelwälder mit ihren goldgrünen Schluchten, die Stauseen und Maare wie ein Versprechen. Diese Schönheit, für uns Tag um Tag wiederholbar. Um die Hohe Acht herum fahren sie nach Adenau. Konrad Adenauer. Kanzler der Nachkriegsjahre, gerissener Fuchs hinter der Maske rheinischen Frohsinns. Meine Damen und Herren, erinnert sich Ille, als sie am Adenauer Bach in der warmen Maisonne liegen: Meine Damen und Herren, sie müssen mich nun mal ertragen. Ich muss Sie ja auch ertragen. Und: Meine Damen und Herren, die Lage war noch nie so ernst.

In einem kleinen Eifeldorf wollen sie übernachten. Kurz vor Monreal sehen sie das Gasthaus, Ille nickt lebhaft – wenn es hier Zimmer gibt, wollen sie bleiben. Ein hochbrüstiges Fachwerkhaus, grellweiß gekalkt, rotbraun sind die Fensterläden, das Fachwerk unregelmäßig wie eine verbaute Geometrieaufgabe.

Es ist ein kleiner Ort, nachmittägliche Stille in den gekehrten Straßen. Hunde, Kinder, Hühner. In das Gasthaus führt eine Doppeltür, der Flur ist angenehm dunkel und kühl, kopfsteingepflastert. Ille und Carla wissen jetzt schon, dass man sie erstaunt mustern wird. Gelassen ziehen sie Lederjacken und Helme aus, gehen auf die

Toilette, waschen und schminken sich. In der Gaststube dunkles, altes Holz. Schöne Schmucklosigkeit. Ja, es gibt Zimmer. Mit Bad. Die altmodische Wanne hat leicht Platz für zwei, sie brausen sich gegenseitig ab wie die Kinder.

Carla ist erstaunt über Illes Unterwäsche. Rosé, schwarz, weiß, Spitzenstrapse, Höschen und Büstenhalter von der heißesten Sorte.

Du, deine Wäsche kann einem aber den Blutdruck hochtreiben, wie hält das der Otto aus?

Ille wird kaum verlegen. Ich hab sie letzten Sommer in Paris gekauft, weißt schon, auf der Studienreise. Ich war allein bei Printemps, ich konnt nicht an mich halten.

Bislang habe ich sie nicht getragen, aber jetzt, wo ich anfange, die Sinnlosigkeit meines Lebens amüsant zu finden, jetzt werd ich sie vielleicht mal ausführen, irgendwann.

Carla schaltet ihren Föhn ab, dreht sich verblüfft zu Ille, die zufrieden auf dem Wannenrand sitzt und ihre Zehennägel lackiert.

Das wusste ich nicht, dass du dein Leben sinnlos findest.

Für eine Sekunde schaut Ille Carla fest in die Augen, ihr Gesicht scheint auf eine neue Art offen, strahlt eine unerwartet einsame Wut aus, die Carla an Ille noch nie gesehen hat, auf die sie nicht gefasst ist. Ille lackiert ruhig weiter. Wie abwesend sagt sie, so als spräche sie nur vor sich hin: Ich weiß, dass du mir keine starken Gefühle zutraust, aber ich habe sehr starke Gefühle, sogar heftige Gefühle, nur halte ich es überhaupt nicht für sinnvoll, sie zu artikulieren.

Die Zurückweisung will Carla nicht akzeptieren. Gut, Ille, Verstellung haben wir alle gelernt. Ich habe auch ein

Gesicht für drinnen und eines für draußen. Aber unter Freunden – ich meine, wir beide können uns doch die Wahrheit sagen.

Ille legt Rouge auf die Wangen, blickt Carla im Spiegel kühl an: Die Wahrheit – sie ist manchmal so ohne Distanz, sie treibt mir die Haare zu Berge. Ich versuche lieber, die Tatsachen zu ignorieren, stelle mich innerlich tot, bleibe stoisch.

Carla schiebt konzentriert die Haut von ihren Nagelmonden zurück. Für einen Moment ist ihr, als seien sie von ihrer Reise schon zurückgekehrt. Ille drückt ihr einen nach Shalimah duftenden Kuss aufs Ohr. Ich bin unausstehlich jetzt, ich weiß es, nächstes Mal mache ich es wieder mit mir allein ab. Sie lacht ihr seltenes Kinderlachen, das Carla sonst immer ansteckt. Sie, Carla, die geglaubt hatte, den Weg zu kennen, konnte ihre Pläne verbrennen. Ille war schon am Ziel. Allein.

In der Gaststube bestellen sie Sauerkraut straßburgisch. Der Wirt fragt und hat schon die Antwort: Sie sind nicht hier aus der Gegend. Carla: Aber auch nicht weit weg, wir sind aus dem Oberbergischen.

Am Nebentisch sitzen drei Männer in den Fünfzigern, Skat spielend. Der eine hat mitgehört, ruft rüber: Da isset schön, bei euch. Ich bin nämlich aus Essen, und wenn et schön Wetter is, kammer rüberkucken nach euch, jau.

Ein anderer fragt: Wer Motorrad fährt, kann doch auch sicher Skat kloppen, wat?

Carla und Ille können. Besonders Carla, die mit Gottfried und Rudolf häufig Skat spielte, steigt kühn mit Kontra ein, als der Essener Karo spielt. Als er Re gegeben hat, wird ihm das Pik Ass gestochen. Nach mehreren Stichen gibt es keinen Zweifel, Carla hat 62 Punkte. Der Rest ist für die Armen.

Die Gaststube füllt sich mit Rauch und mit Menschen. Im Dorf wird die Einweihung der neuen Turnhalle gefeiert. Deshalb kommen drei Männer zum Musizieren. Wumtata, hopsassa. Carla und Ille werden zum Tanzen aufgefordert. Wer tanzt heut noch diese Ländler und Polka? Besonders Ille fühlt sich nach dem dritten Walzer linksherum richtig kollaptisch. Da ist ja der Trimmdichweg im Beuel ein Dreck dagegen, schnauft sie verhalten zu Carla, die auch zugeben muss, dass sich alles vor ihren Augen dreht.

Irgendwann kommen drei junge Frauen an den Tisch. Die Männer, die bisher mit Carla und Ille tanzten und sich unterhielten, wenden sich erst verstohlen, dann übergangslos den Jüngeren zu, tanzen nur noch mit ihnen.

Carla und Ille haben Lust auf einen Spaziergang. Keiner der Männer achtet darauf, als sie aufstehen. Sie gehen. Die warme Mailuft bewegt die zartgrünen Blättchen der kleinen Bäume, die überall vor den Häusern aufgestellt und mit Bändern geschmückt sind. Leute sitzen vor ihren Haustüren, ihr Gruß ist freundlich, fragend. In ihren Ort kommen sonst keine Fremden.

Ille fühlt sich abgeschabt. Sie hätte jedes Lächeln am Tisch der Männer zurücknehmen mögen. Von ihren Lippen lässt sich die Haut in Fetzen abziehen. Die einzig mögliche Beschäftigung. Du bist so schön, Carla, denkt Ille voll kalter Wut. Sie sieht fremde Männer vorbeigehen, der Staub bewegt sich unter ihren gleichgültigen Schritten. Ille möchte schreien. Seht doch Carla an, seht sie doch wenigstens an. Um nah beieinander zu gehn, ist die Straße zu breit.

Die Betten im Gasthaus sind gerade richtig hart, leicht und weich die Zudecken. Carla schläft ein, sowie sie aufs Laken sinkt.

Ille hört von unten die Tanzmusik. Sie ist hellwach. Denkt an den Tag, an dem die Idee zu dieser Reise geboren wurde.

7

Glänzender Asphalt. Wie sich das gehört bei einer Beerdigung im Oberbergischen, regnet es. Die Luft riecht nach frischem Grün und alten Kränzen. Aus dem Tal schrillt das Martinshorn. Flüchtiger Schauder wie beim Gedanken an den Tod: Es hat einen anderen getroffen.

Durch die Tür der Aussegnungshalle tragen sechs Zylindermänner einen Sarg. Dem zweiten Träger links rutscht die Kopfbedeckung in den Nacken. Das sieht fidel aus, und einige Beerdigungsgäste machen sich verstohlen darauf aufmerksam. Die kurzfristig bemühte Trauer macht ihre Gesichter einander ähnlich, birgt in sich schon die Vorfreude auf das anschließende Fellversaufen.

Dann die Hinterbliebenen. Die Witwe, Carla Valbert, tritt zögernd ans offene Grab. Der für einen zähen Moment leere Platz links und rechts neben ihr macht das Schweigen redselig. Nicht Carlas Kinder, da kann man mal wieder sehen, nicht ihre Kinder, sondern Otto und Ille Rosenkranz stehn bei der Witwe und stützen sie. Der weiße Spitzenkragen auf Carlas schwarzem Kleid scheint eine anmaßende Art, Abschied zu nehmen.

Carla schaut jetzt ohne zu sehen in die lehmige Grube. Sie hat schon oft in solche Gruben geschaut, aber diese hier ist für ihren Mann, für Rudolf geschaufelt. Carla riecht das frische Grün, die mit Lilien geschmückten Kränze. Eine Beerdigung der gehobenen Preisklasse.

Seit drei Tagen, seit Rudolf hier auf der Gostert liegt – hoch über dem Aggertal –, wartet Carla auf den Schmerz. Vergeblich. Sie schaut auf ihre Füße. Die neuen Lackpumps voller Lehm. Wird sie die je wieder sauberbringen? Konzentriert betrachtet sie den hellen Matsch, der neben den Sohlen aufquillt und den Lack lächerlich macht.

Gut, dass sie in Giesselmanns Konditorei noch die Stube freihatten. Es sterben im Moment wieder so viel Leute. Giesselmann kommt nicht nach mit Streuselkuchenbacken. Er hat nun mal den besten.

Carla holt sich zurück zum Grab. Jesus, ich beerdige meinen Mann und denke an Streuselkuchen. Ich muss weinen, ich will auch weinen, er hat es verdient, dass ich um ihn weine. Rudolf, bleib da, lass mich nicht allein. Sie beschwört den Verlust Rudolfs. Wie als Kind, als sie sich oft ins Grab träumte, sich in allen Einzelheiten die reuevolle Trauer ihrer gemeinen älteren Schwestern ausmalte.

Carla sieht den ängstlichen Kaninchenblick Gottfrieds, Rudolfs Bruder. Er lebt seit Jahren mit in ihrem Haushalt und fürchtet jetzt um seinen warmen Platz. Ich werf ihn schon nicht raus, Rudolf, ich versprech es dir. Soll er mir doch bis zum Jüngsten Tag seine Krankheiten vorbeten.

Neben Gottfried dann Klaus-Jürgen, Carlas Sohn. Vertrauter Fremder. Er teilt die Trauergemeinde ein in Maßlose und Bescheidene, überschlägt auf diese Weise die Beerdigungskosten. Klaus-Jürgen lebt in München, ist Deutschlehrer an einem Gymnasium. Hat Carla, hat Rudolf seine seltenen Besuche im Elternhaus vermisst?

Daneben Petra, Carlas Tochter. Auch sie lebt in München, doch die Geschwister treffen sich nie – sind sich einig in verachtungsvoller Distanz. Nur Klaus-Jürgens Wangenmuskeln bewegen sich, wenn sein Blick die Schwester streift. Carla spürt plötzlich, dass ihr kalt ist. Wie sieht Petra wieder aus. Carla weiß voll bitterem, widerwilligem Stolz, dass nicht Rudolf da unten in seinem Sarg die Hauptperson ist. Alle starren Petra an. Und sie gibt den Vögeln reichlich Futter. Petras kariertes Kostüm mit den überbreiten Schultern lässt sie kämpferisch erscheinen: Ich bin nicht wie ihr, ich will nie so sein.

Und Anina, Petras fünfjährige Tochter. Die traurige Nachdenklichkeit verschattet das Kindergesicht. Warum hat Carla Angst um dieses Kind, dessen Vater sie nicht kennt, das schon jetzt eigenwilliger ist, als man gutheißen kann. Wie hat sich Anina heute wieder hergerichtet! Carla hat gelernt, im Alltag darüber hinwegzusehen. Zu schön war das olivblasse Gesichtchen, umzaust von der Flut langer Locken. Ein Feenkind, jedoch immer neu entstellt von Schwimmbrillen, Augenklappen, riesigen Plastikohren. Wollte man ihr das verwehren, hatte Anina einen Schrei parat, der in den Ohren gellte. Einen hohen, gläsernen Schrei, mühelos alle Autorität zersägend: Ich will nicht gezwiiiingt werden. Und so trug Anina auch heute eine abgeschabte Motorradmütze, die Rudolf ihr mal geschenkt hatte. Auf dem Rücken einen alten Wehrmachtstornister, aus dem ein zerbrochenes Windrad schaute. Anina, Ninchen – natürlich ungetauft.

Rudolf hatte sein Enkelkind geliebt. Für seine Tochter Petra hatte er in den letzten Jahren nur noch abwehrendes Kopfschütteln übrig gehabt, Verständnislosigkeit.

Carla hat sich schon müde gedacht. Blätter bewegen sich im Wind. Pfarrer Lindermann nimmt sein Barett ab zur Grabrede. Gläsern steigt Aninas Stimme auf zu lange fälligem Widerspruch: Der Opa soll jetzt wieder rauskommen. Erschreckend hoch die Stimme, über die Tonskala hinaus. Petra drückt Anina noch enger an sich. Die anderen starren unsicher, gerührt, formulieren spätere Vorwürfe. Pfarrer Lindermann räuspert sich. Beleidigt beginnt er: Herrrrr, Dein Wille geschehe.

Carla, bislang allein auf der Bühne ihrer Trauer, fühlt jetzt den Druck von Illes Hand. Ich bin bei dir. Otto Rosenkranz, Illes Mann, starrt nutzlos genau auf den Sarg. Er hat es nicht schwer, Tränen um seinen Schulfreund Rudolf zu weinen.

Herrrrr, Dein Wille geschehe. Pfarrer Lindermann wiederholt es triumphierend. Rudolf konnte ihn nie leiden, und jetzt muss er sich von ihm begraben lassen. Dieser Gedanke, unvermittelt, ist hilfreich wie Aninas Sägestimme, beides beschert Carla die Regung des Mitleids mit Rudolf und mit sich selber. Alle Umstehenden zerfließen zu einem amorphen Gebilde, das sich von ihr abkehrt, sie allein lässt, zurücklässt. In Carlas Brust erwacht ein Würgen, das ihr Tränen herauspresst, heiße, glaubwürdige Tränen. Endlich. Endlich ist aus Carla Valbert eine Witwe geworden.

In den Rauchschwaden von Giesselmanns Stube sitzen die Überlebenden beim Reuzech. So heißt im Oberbergischen eine anständige Beerdigungsfeier. Keiner weiß, woher das Wort kommt. Vielleicht, dass man aus Reue zecht, weil man oft gemein war zu dem Verstorbenen.

Der buttrige Streuselkuchen ist, wie Rudolf Valbert ihn mochte, wenig Boden, viel Streusel. Jetzt sitzen sie alle um den Tisch. Hufeisenform. Der gelbe Löwenzahn in den Kugelvasen ist nicht auf der Wiese gewachsen. Hier und da befühlt einer täuschend geknickte Blättchen, gelbverzauste Blütenköpfe.

Die Stimmung steigt in Giesselmanns Stube. Cognac macht die Runde. Sie reden vom Attentat auf den Papst und von der Rücktrittsdrohung des Bundeskanzlers. Als der Sondermanns Wilm vom Wettrüsten anfängt, werden die Stimmen tonlos. Wir sollen den Amerikanern den Dreck wegmachen, sagt der Wilm. Überhebliches Schweigen. Der Wilm ist bei der Gewerkschaft und überhaupt nicht von hier. Ohne Sitz und Stimme.

Er ist hier, weil er beim Apotheker Rudolf Valbert nebenbei den Garten betreut. Schwigg de Mule, murmelt Bergers Schorsch. Er hat ein Möbelgeschäft und sieht schnell rot. Die Frauen rühren klirrend im Kaffee, schauen stumm auf ihre Männer.

Jetzt erhebt sich Otto Rosenkranz. Wenn auch etwas unsicher. Er hat seinem Freund Rudolf zu Ehren heute schon zeitiger mit dem Cognac angefangen. Wir versaufen dem Rudolf sein Fell. Das ist jedem bekannt und geht in Ordnung. Nur der alte Lehrer Höhler – genannt Eierdörtel – zuckt innerlich zusammen und denkt, dass der Otto den Genitiv nie lernen wird. Ille Rosenkranz versucht halbherzig, ihren Mann wieder auf den Stuhl zu ziehen, doch ihre reflexhaften Bemühungen tragen das Scheitern schon in sich. Ach was, räsoniert Otto, Illes Hände beiseiteschiebend, ach was, wenn ich statt seiner in der Grube läge, ließe der Rudolf sich auch volllaufen. Niemand bezweifelt das.

Und Otto erzählt den immer fideler werdenden Trauergästen, was alle schon wissen, aber immer wieder geduldig anhören, nämlich, wie Ottos Vater, der alte Tierarzt Rosenkranz, ums Leben gekommen ist. Stellt euch vor, sagt Otto und gestikuliert ein bisschen steif. Stellt euch vor, es war bei der Beerdigung von Bockemühlen Emma. Die meisten von euch wissen noch, wer das war.

Die beste Wirtin, die es im Oberbergischen gegeben hat. Und als Bockemühlen Emma starb, trug mein Vater mit den anderen den Sarg. Und als sie die Emma runterließen in die Grube, da rief unser Vater plötzlich: Emma, ich komme dir nach!, und rumms fiel er runter, rein in die Grube, auf Emmas Sarg. Mausetot war unser Vater. Prost.

Er wird immer lauter, immer ausgelassener. Niemand merkt, dass sich die Witwe mit ihrer Freundin Ille Rosenkranz verdrückt.

Aufatmend gehen die beiden Frauen durch die feuchte Regenluft den Weg vom Friedhof auf der Gostert runter in die Goethestraße, wo die alte Apotheke der Valberts mit ihrer Gartenmauer direkt an das Grundstück der Rosenkranz' anstößt. Es ist Nachmittag geworden, die Sonne wärmt wohltuend den Rücken. Carla atmet die nach Tulpen und Gräsern riechende Mailuft ein, als wär's für lange zum letzten Mal. Wie oft ist sie nun schon mit Ille diesen Weg von der Gostert nach Hause gegangen. Bei so vielen Beerdigungen. Illes, Ottos und Rudolfs Eltern liegen droben, Vollmers Albrecht, der sich mit dem Motorrad zu Tode fuhr, Kleins Nonno, der sich eines Tages einfach erhängt hatte und keiner wusste, warum. Und der siebenjährige Uwe von Rossbachs, der in der Agger ertrank. Alle Nachbarn, nahezu der ganze Ort ging zu den Beerdigungen und nachher seufzend zum Alltag über. Immer führte der Weg von der Gostert ins Tal. Vorbei an den Gärten der Eisenbahnlinie. Sie sahen, dass Vasbenders die Tulpen als Erste am Blühen hatten und dass der Flieder bei Keppers dieses Jahr nicht aufgehen wollte. Die Häufigkeit der Erinnerungen machte den Weg auch für Carla vertraut, die, anders als

Ille, erst seit Anfang der Fünfzigerjahre in Berghausen lebte.

Gerade die Beerdigungen waren es, die sie heimatlos machten, fröstelnd beiseite stehen ließen, niemals aufgenommen in die wärmende Herde der Hiesigen.

Ille erzählte, wie sie als Kinder rasch durch die Unterführung gehüpft waren, sich leise graulend, wenn ein Zug darüberdonnerte. Ille ahnte nicht, wie weit sie sich damit von Carla entfernte.

Früher, als die Toten noch aufgebahrt waren in den Wohnzimmern, war der Leichenzug durch den Ort gegangen. Vorndammes Karl hatte seine Pferde vor den schwarzsilbernen Leichenwagen gespannt. Gemeinsam mit seiner hüftleidenden Frau Anna, von allen Hüppetüpp genannt, bahrte er die Toten auf und kutschierte sie auf ihrer letzten Fahrt.

Carla hatte ihn noch gekannt.

Jetzt kamen sie an Bonners Gärten vorbei. Ille deutete auf ein rosa Kriechgewächs. Ich muss die Erika nach Ablegern für meinen Steingarten fragen. Carla versuchte, sich auf Illes Interessen zu konzentrieren. Kriechgewächs. Ja, wirklich hübsch. Abwesend auf das kriechende Rosa starrend, fröstelte Carla.

Sie war immer mit Ille allein den Weg von der Gostert nach Hause gegangen. Ihre Männer ließen sich beim Reuzech jedes Mal vollaufen. Das gehörte sich so. Diesmal war es anders. Es war Carla, als ginge sie den vertrauten Weg heute in einem anderen, einem bedrohlichen Licht. Neunundzwanzig Jahre mit Rudolf. Nun sind sie Vergangenheit. Festgemauert in der Erden. Alles, was du Rudolf je getan oder gesagt hast, ist nun Ewigkeit. Unabänderlich. Nicht wiedergutzumachen.

Über der Agger riecht es nach feuchtem Holz und

Ertrinken. In Carla bebt mit einem Male eine Lust am Leben, die ihr unsolide erscheint. Fest drückt sie den Arm der Freundin. Ille, sagt sie, Ille, ich glaub, ich hab keinen Krümel Kaffee mehr im Haus …

Und Ille, selig über die Sonnenpünktchen in Carlas verquollenen Witwenaugen, hängt sich erleichtert noch fester bei Carla ein: Ich hab heute Morgen noch frischen gekauft.

8

Im alten Apothekerhaus fällt die Aprilsonne in schrägen, durchpunkteten Bahnen auf den blauen Dielenteppich. Im Wohnzimmer tickt der Regulator über dem schönen alten Ledersofa, das schon Rudolfs Eltern hier stehen hatten. Während der Kaffee durchläuft, sammelt Ille blaue Flaumfedern auf. Butz, der Wellensittich, ist wieder mal in der Mauser. Rudolf hatte täglich mit ihm geredet und geflötet.

Carla und Ille trinken den starken Kaffee, der mit seiner Sahnehaube und dem Schuss Cognac Tote aufwecken könnte. Ille sagt es unbedacht. Schaut sofort betroffen zu Carla, die dann auch noch mal schluchzt. Die Uhr schlägt vier Mal.

Carla betrachtet mit leeren Augen Rudolfs Beinprothese, die hölzern in der Ecke steht. Sieht einsam aus, aber irgendwie streitsüchtig. Carla glaubt, einen Vorwurf zu spüren. Die Amputation hat Rudolf geschändet, sagt sie zu Ille. Mit einundzwanzig war Rudolf in den Krieg gekommen. Gebirgsjäger Rudolf Valbert, Student der Pharmazie. Der weiße Schneeoverall sitzt locker über der Uniform. Lachen, ohne jede Spur von Krieg, weit weg von Berghausen in zweitausend Meter Höhe. Für den Führer und eine große Zukunft. In der Gefangenschaft erfroren ihm dann die Füße. Vom linken Bein mussten zuerst auch nur die Zehen amputiert werden, aber dann heilte es nicht mehr so gut wie das rechte.

Schließlich musste das Bein ab bis zum Knie. Wer hoch fliegt, stürzt tief. Die Eltern waren froh, dass Rudolf die Apotheke übernahm, sein Bruder Gottfried, nervenkrank und nicht mal beim Volkssturm zu gebrauchen, ebenfalls.

Carla putzt sich zur Bestätigung kräftig die Nase. Ille steht auf, holt eine Glaskaraffe mit Cassis. Sie kennt sich aus. Carla langt hinter sich und stellt zwei Gläser auf den Tisch, schenkt nicht zu knapp ein. Ille hebt ihr Glas ans Licht.

Der Rudolf war in Ordnung. Er soll leben. Leben – Carla sagt es mit verzeihendem Tadel. Ille schweigt. Sie ist in Versuchung, Carla einen blöden Witz zu erzählen. Beim zweiten Cassis erzählt sie also, wie ein Mann im Park spazieren geht. Geruhsam. Stürmt plötzlich ein Räuber aus dem Gebüsch. Geld her oder ich bring dich um. Der Mann dreht die Taschen um, er hat kein Geld. Dann gib mir deinen Mantel. Mann, du siehst doch, dass ich bloß ein Jackett anhab, sagt der Spaziergänger. Verdammt, sagt der Räuber, dann trag mich ein Stück …

Die beiden genieren sich, weil sie lachen, plötzlich verschluckt Ille ein Glucksen, starrt Carla aus tränenfeuchten Augen an: Menschenskind, Carla, du lebst ja jetzt mit dem Gottfried hier alleine, das ist ja – unmoralisch ist das ja.

Carla begreift nicht gleich, allzu weit weg ist Gottfried Hasenherz von derartigen Vorstellungen. Schließlich lacht sie mit Ille. Gottfried und Unmoral. Ein unmögliches Gespann. Ich glaub, der Gottfried ist noch Jungfrau. Ille japst atemlos: Jungfrau, du liebe Zeit, ich glaub's auch.

Schließlich streift Carlas Blick schuldbewusst die Prothese. Hör auf, Ille, sagt sie streng.

9

Ille. Ilse. In Carlas Leben hatten viele Frauen Ilse geheißen. Mutter hieß so. Sie starb an Krebs, 1937, als Carla zwölf war. Carla hatte sie immer so gern gerochen. Vor allem in der Armbeuge, da, wo die Haut weich, haarlos, blaugeädert und schutzlos war. Ihr Parfüm, Carla meinte sich zu erinnern, dass es vom Guerlain war und Après la pluie hieß. Mutter stammte aus Adelboden. Eine Schweizerin in Berlin. Groß, imposant und gütig gegen die Ihren, jovial gegenüber den Schwachen. Sie kleidete ihre drei Töchter mit Vorliebe in fließenden Jersey, den Milli Habedank, die Näherin, tretend das Schwungrad antreibend, nach ihren Anweisungen nähte. Carlas acht Jahre ältere Schwester protestierte vergeblich, dass sie mit zwölf nach denselben Entwürfen gekleidet wurde wie ihre kleinen Schwestern. Vererbt wurde nichts unter den Geschwistern. Mutter gab alles zum Kinderrettungsdienst. Sie holte auch Kinder arbeitsloser Familien an den Mittagstisch, gab ihnen Stullenpakete mit für abends. Carla erinnerte sich noch heute mit Beschämung, wie sie sich gemeinsam mit ihren Schwestern lustig gemacht hatte über die blankgescheuerten, ratlosen Gesichter der kleinen Gäste, die vor lauter Unsicherheit Gläser umkippten oder vom Messer aßen. Da hielt die Mutter Carla weit ab von sich und drohte: Tu so was nie nie wieder. Über arme Leute darf man sich nicht lustig machen. Von da an hatte Carla sich bemüht, doch sie war immer froh, wenn die sauberen Wasserscheitel wieder heimgingen. Carla liebte Dagny Sturm, die Bleylekleider trug und mit ihr in die Opernballettschule ging. Der weiße Tüllrock am hellblauen Seidenleibchen, die Ballettschuhe, überm Knöchel gebunden, lohnten alle Mühe. Das Rosenkränzchen auf dem Pagenkopf, zitternd vor Freude wartete sie, bis die Ballettmeisterin allen über die Schulter gespuckt hatte, bis sich der Vorhang hob. Die Seligkeit hielt an, begleitete sie zurück in das alte große Haus in Pankow bei Berlin, in das dunkle Zimmer, das sie neben dem Schlafzimmer der Eltern hatte, während ihre Schwestern, das Hausmädchen Elfie und manchmal Milli Habedank oben schliefen. Der warme, weiche Korkboden, das weiße Bettgestell mit den rosa Sternen, der Bücherschrank mit der rosablumigen Gardine. Da standen die Heidibände von Johanna Spyri, die ›Biene Maja‹, alle 48 Bände Karl May. Carlas Herz blutete für die Indianer.

Und die Sommer im Ostseebad Göhren auf Rügen. Die Bimmelbahn fuhr durch Weizenfelder, große Koffer mit Badetüchern und Kleidern waren schon vorausgeschickt. Mutter im leichten, pelzbesetzten Mantel auf der Kurpromenade, ihren geliebten japanischen Sonnenschirm, seltsam zierlicher Gegensatz zu ihrer einsachtundsiebzig großen Üppigkeit. Wie ihre Töchter trug sie meist weiße Spangenschuhe. Carla, selbst in weißen Söckchen, streichelte Mutters mattseiden bestrumpfte Beine. Die Kinder in weißen Jerseykleidern, seitlich gerafft mit Rose von Milli Habedank, die daheim in Pankow die Blumen goss. Vater im eleganten leichten Sommergrau, trotz Ferien die Krawatte korrekt unterm steifen Kragen. Auch er trug meist weiße Schuhe, und Mutter hatte noch keinen Krebs.

Immer häufiger in den letzten Jahren versuchte Carla, sich an Gespräche mit ihrer Mutter zu erinnern. Was hatte Mutter sich für sie, ihre Jüngste, erhofft, erträumt? Sie, die Schweizerin, hatte sich erbittert dagegen gesträubt, dass ihre Töchter zu den Jungmädels, später zum BDM pflichtgezogen wurden.

Da geht ihr mir nicht hin. Carla war traurig, fast ihre gesamte Klasse gehörte zu den Jungmädeln, den Zehn- bis Vierzehnjährigen, zur Spielschule. Bis 1936, als der Eintritt Pflicht wurde, hielt die Mutter sie fern. Dann, als auch Vater ein Machtwort sprach, freute Carla sich über die Kletterweste, den blauen Faltenrock, den Lederknoten für die Krawatte. Endlich war auch sie dabei. Doch das Strammstehen, Händevorzeigen, die ewigen Veranstaltungen langweilten sie bald. In Dreierreihen ging es zum Sportplatz, voran Eva mit dem Wimpel, alles für die Gruppe, der Einzelne muss hinter der Idee zurücktreten. Völkerball, Wettspiele, wie sie das hasste. Nie sah sie den Ball, erst viel später wurde klar, warum: Sie war auf dem linken Auge extrem kurzsichtig, auf dem anderen weitsichtig. Besser ging es ihr bei Glaube und Schönheit. Tänzerische Gymnastik, das lag ihr, das hatte sie im Ballett gelernt. Bloß kratzten da die Nesselkleider, die sie tragen mussten. Für Carlas Mutter war das alles ein Gräuel. Sie wurde nicht müde, Ärzte aufzutreiben, die Carla Atteste schrieben, dass sie zu zart, zu nervös, zu stark erkältet sei für den Dienst in der Jungmädelschaft. Und so hatte sich Mutter auch bei Hitlers Einzug 1933 geweigert, die Hakenkreuzfahne rauszuhängen. Vater tat es dann doch, und Carla fand es in Ordnung. Sie war durchaus für das Neue Große Deutsche Reich, wenn sie nur nicht immer mitturnen musste.

Mutter verstand das nicht, war nicht Deutsche. Das sagte auch die Jungmädelführerin, dass eben nicht alle Eltern die Idee des Führers verstünden. Daran seien sie zwar schuldlos, weil sie eben nicht in dieser Idee erzogen seien, aber die Kinder sollten doch melden, was ihre Eltern über Adolf Hitler sagen, damit sie, die Jungmädelführerin, helfend eingreifen könne. Dagegen stand aber Vaters Verbot, nichts, aber auch gar nichts draußen zu erzählen. Daran hielt sich Carla eisern, besonders wenn sie bei ihrer Freundin Eva zu Hause war. Evas Vater war ein bekannter Augenarzt in Berlin, groß, blond, trug ständig schwarze SS-Uniform. Wenn er Carlas kurz- und weitsichtige Augen untersuchte, fragte er auch immer nach den werten Eltern, doch Carla schwieg aus einer unbestimmten Angst, aus einer stark aufquellenden Liebe heraus über die Streitgespräche der Eltern, über Vaters lange Unterhaltungen im Herrenzimmer mit seinem Chef, dem schwerreichen Zigarettenfabrikanten Gregory, mit dessen Söhnen Carla gelegentlich spielte, bis 1937 die gesamte Familie in die USA reiste. Auf Carlas Fragen sagte Vater nur leise, dass die Gregorys dort besser aufgehoben seien als in Deutschland. Carla verstand nichts und ahnte immer mehr. In der Schule tuschelten die Großen: Oranienburg.

Carlas Gedanken jedoch waren erfüllt von Angst und Sorge um die Mutter. Sie lag schon sechs Wochen im Spital, lachte mit den Töchtern, streichelte sie, bald würde sie heimkommen. Aber sie kam nicht, lachte auch nicht mehr, Carla durfte sie nicht mehr sehen. Und dann ging eines Tages das Telefon und eine Stimme verlangte den Vater. Milli Habedanks buckliger Rücken bebte, sie sagte fortan, wenn jemand Carla einen Wunsch abschlagen wollte: Lasst sie doch, sie hat doch keine Mutter mehr.

Keine Mutter, keinen Mann. Waise, Witwe. Carlas Gedanken kehrten zurück aus der alten Villa in Pankow in die Berghausener Apotheke. Zu ihrer Freundin, die auch Ilse hieß und Ille genannt wurde. Carla kennt Ille seit dem Jahr 1952. Sie hatten sich schon oft im Ort gesehen, bei Festen, hatten sofort das Verlangen, befreundet zu sein. Die Scheu überwanden sie erst in der Mütterberatung, wo Ille ihre Tochter Gabriele, die winzige zarte Ele-Puppe, auswickelte und ganz betroffen Carlas Baby anschaute, den dickbackigen, stämmigen Klaus-Jürgen, der ebenso alt wie Ele, aber doppelt so dick war. Beiden Frauen war klar – ohne dass sie es je ausgesprochen hätten –, dass das, was sie zueinander hinzog, Liebe war. Ein für alle Mal.

Carla fand in Illes enttäuschtem Mädchenmund, in ihrer runden Stirn, die scheinbar niemandem Trotz bieten konnte, alle ihre Träume wieder. Sie fand in Ille ihre Mutter wieder, ihre Schwestern und ihre Freundinnen, die zum Teil im Osten Deutschlands lebten. Auch nach all den Jahren, es waren fast dreißig inzwischen, fand Carla die gemeinsame Zeit, die sie mit Ille verbrachte, noch viel zu knapp, nicht ausreichend, die Freundin kennenzulernen. Was verbarg sich hinter der schlaffen Nachgiebigkeit Illes, hinter den Gedichten, die sie schrieb, hinter der zeitweiligen Ignoranz, die sie gegenüber Dingen, die anderen wichtig waren, an den Tag legte. Niemand in Berghausen schien Ille zu kennen. Man mochte sie, akzeptierte, dass Ille offenbar in einer Weise lebte, die für andere undurchschaubar war. Ille war eine Einheimische aus alter, guter Familie. Das genügte.

Carla sah Ille an, die in ihrem Sessel festgewachsen schien und eine Haarsträhne immer wieder um ihren Finger wickelte. Ille lächelte abwesend, sagte, dass sie nun schon eine Weile überlege, wo denn eigentlich in Berghausen das Schicksal stattfinde. Ich glaube, sagte sie dann heiter, ich glaube, nur im Fernsehen.

Carla und Ille sitzen ruhig da, in gemeinsamer Erschöpfung. Das Lachen hat sich aus ihren Gesichtern weggeschlichen. Es ist sechs. Bald werden die anderen vom Reuzech kommen. Illes blaue Augen, die beim Lachen rasch in Tränen schwimmen, sehen jetzt aus wie stumpfe Glaskugeln. Es ist, als sei in ihrem Kopf ein Licht gelöscht worden. Ille sieht nicht zerstört aus, denkt Carla in einer Art selbstloser Dankbarkeit. Sie selber, Carla, sah zerstört aus. Ostern hatte Klaus-Jürgen Fotos gemacht, und Carla sah mit jähem Erschrecken, dass sie zerstört aussah. Besonders um die Mundlinien herum. Die anderen wohl auch, ja, Trude, Irma, Elisabeth – letzte Woche beim Kaffee in Irmas Garten hatte Carla es erneut empfunden. Sie saßen auf der Terrasse, das Licht des Nachmittags ließ sie wie alte Eulen aussehen. Wie blinzelnde Eulen in der Sonne, dachte Carla.

Nicht Ille. Illes ovales weiches Odaliskengesicht ist kindlich, ungelebt. Ihr enttäuschter Mund über dem sanften Kinn, die verweichlichte Nackenlinie, konnten Carla oft ungeduldig machen. Ille. Von ihr hieß es, dass sie als Kind oft in ein Eck gekauert war, panisch einen Fuß zwischen die Schenkel geklemmt. So saß sie, bis jemand sie bei der Mutter verpetzte oder es wirklich nicht mehr hielt, sie mit Mühe noch das Klo erreichte.

Auf Fotos von früher war Ille ein helles Engelchen in gerüschten Kleidern und lackledernen Schuhen. Ihre Mutter, eine geborene von Lingen, wurde überall »die

Gräfin« genannt. Ihr Vater, Doktor Christian Schütte, Arzt mit Leib und Seele, war der Chef des Krankenhauses, ein bescheidener, ruhiger Mann. Er war es irgendwann leid geworden, sich mit seiner standesbewussten Frau zu streiten. Die Frage, warum sie, Emily von Lingen, ihn, den einfachen Doktor Schütte, geheiratet habe, hatte sie wohl nie befriedigend beantworten können. Drum zog Illes Vater seinen Schlapphut noch tiefer in die Stirn und ging immer öfter zu seinen Fischteichen nach Bomig.

Ille ging mit ihm. Den Protest der Mutter unterhöhlte sie in der ihr schon früh eigenen schlaffen Widerstandslosigkeit, die ihr Ziel nie aus den Augen verlor. Hatte die Mutter ihr verboten, den Vater zu begleiten, saß sie folgsam am Klavier, um eine halbe Stunde später keuchend beim Vater an den Teichen anzukommen, sich wortlos neben ihn kauernd. Stundenlang. Er war ihr Ritter, ihr Froschkönig. Und als Doktor Christian Schütte am Pfingstmontag 1938 mit zerschmetterten Knochen im alten Steinbruch gefunden wurde, unterkühlt, doch bei klarem Bewusstsein, nahm Ille den Kampf mit seinem Tod auf. Den himmlischen Mächten, denen die Mutter in der Kirche Rechenschaft ablegte, misstraute sie. Sie hatte den Vater einmal sagen hören: Die Herrschaften da oben sind mir zu kapriziös. Und so betete sie nicht wie ihre Mutter zu Gott, dass der Vater überleben möge, sondern schrieb beschwörende Gedichte, die das Unvermeidbare abwenden sollten.

Obwohl es Ille verboten war, den Vater zu sehen, gelangte sie nachts unbemerkt aus dem Elternhaus.

Den Weg zur Klinik, unzählige Male allein oder mit dem Vater gegangen, lief Ille mechanisch, aber mit Herzklopfen. Ungesehen gelangte sie durch den Keller in das

Gebäude, huschte ins dritte Stockwerk, wo im letzten Zimmer vor dem Operationssaal ihr Vater lag. Er sah sie, seine Finger umschlossen trockenheiß ihre Hände. Bis zum Morgen saßen sie an den Fischteichen – wie immer. Dann war Ille allein. Ein letztes Mal versuchte sie, den Maschen eines Mächtigeren durch knochenlose Weichheit zu entschlüpfen. Sie ließ sich fallen in die farbigen Schleier eines rasch aufsteigenden Fiebers. Als sie nach Tagen endgültig erwachte, hatte sie sich ergeben.

Carla sah die Freundin an. Illes Augen erschienen ihr wie dunkle Glasmurmeln. Carla wusste, dass Ille ihr Andenken an den Selbstmord des Vaters wie eine Reliquie mit sich herumtrug. Als Ille den um sechzehn Jahre älteren Tierarzt Otto Rosenkranz heiratete, war ein Getuschel im Ort. Carla jedoch begriff, als sie Fotos von Illes Vater sah. Die gleiche verzweifelte Hohlwangigkeit hatte Otto Rosenkranz in den Nachkriegsjahren. Den gleichen spröden Humor.

Die Erinnerung an ihren Vater, das wusste Carla, war für Ille die Erinnerung an ein Wunder. Dass dies Wunder durch Otto nicht wiederauferstanden war, hatte wohl nicht mal Ille wirklich geglaubt. Ob Ille immer noch auf Wunder wartete? Manchmal schien die heitere Ignoranz, die sie dem Leben gegenüber an den Tag legte, dafür zu sprechen.

Komm, Ille, sagt Carla plötzlich. Lass uns runtergehen in die Garage, ehe die anderen kommen. Ich muss dir was zeigen. Ille ist schon zu betrunken, um erstaunt zu sein. In ihr ist eine riesengroße Traurigkeit, sie könnte sich ohne weiteres von der Welt verabschieden, so wie es Rudolf getan hatte. Sie folgt Carla in die Garage.

Neben allerlei Gartengeräten steht da das Motorrad mit dem Seitenwagen, dunkelrot mit Silber, Speichenräder, in robuster Rundlichkeit Seitenwagen und Radkappen. Ille scheint es heute größer als sonst. Carlas Hand streichelt über die Chromteile. Wann bin ich zuletzt mit Rudolf gefahren? War es gestern? Rudolf im Sattel, sie, Carla, in der Gondel nah über der Straße, angehoben, hochgehoben, spürt den Wind, die Sonne, den Regen. Sieht Rudolf lachen, konzentriert schaun oder fluchen, wenn der Kickstarter wieder nicht so will wie er. Warmer Maiwind presst sich ans Gesicht, reißt einem die Worte vom Mund, pfeift sein Lied in den Kurven. Das Motorrad. Rudolfs Motorrad mit dem Seitenwagen.

Carla setzt sich jetzt auf den Fahrersitz. Ille weiß zwar noch nicht, wozu, zwängt sich aber widerspruchslos in den Seitenwagen. Dabei zeigt sich, dass sie die Cassis-Karaffe mitgebracht hat. Übergangslos, als habe sich ein Vorhang gehoben, singt Ille: Der uns getraut, hat viel versaut, der Dompfaff, der hat uns getraut.

Carla will nicht widersprechen. Außerdem ist sie zum Zerplatzen erfüllt von der Wunderkerze in ihrem Hirn, da leuchtet und knallt es herum: Klar doch, ja doch, sie werden abhauen hier, alle beide, Ille und sie! Sie werden abhauen, was sonst. Weg von Berghausen, weg von allem. Carla haut mit der Faust auf den Lenker, trommelt auf den Tank. Heller, kühler Laut. Die Gondel des Seitenwagens antwortet dumpf.

Ille, sagt Carla nach einem Schluck Cassis, Ille, wenn ich mich noch einholen will, muss ich mir endlich hinterherlaufen. Verstehst du? Nein? Kannst du auch gar nicht. Ist mir selbst erst gerade klar geworden. Weißt du, ich bin immer hinter anderen hergerannt. Erst hinter Adolf Hitler und Baldur von Schirach. Meine Helden, meine Zukunft. Was fand ich? Schutt, Hunger, Tränen. Dann bin ich der Liebe nachgerannt, du weißt es, Arthur, München. Was ist draus geworden? Die Abtreibung auf der Couch. Dann bin ich der Sicherheit nachgerannt, Rudolf, Berghausen, Ruhe, Vertrauen, Familie. Was ist davon geblieben? Zwei Kinder, die mir fremd sind, ein Grab auf der Gostert …

Carla lauscht beeindruckt ihren eigenen Worten nach. Sicher, sie ist betrunken, bestimmt nicht zum ersten Mal. Und in ungewöhnlichen Situationen sagt man eben ungewöhnliche Dinge. Heute scheint alles mit ihr zu reden, die Gartengeräte an den Wänden, die Spinnweben in den Ecken, Kisten, Flaschen: Immer wolltest du dich anlehnen an die Erwartungen der anderen. Deine Anstrengungen richteten sich ständig gegen dich. Warum kämpftest du dich trotz Dreck, Kälte und Hunger durch zu Arthur nach München, warum kam er nicht zu dir nach Berlin? Warum gabst du dein Studium auf und gingst mit Rudolf nach Berghausen, warum? Warum gehst du dir nicht endlich selbst entgegen, ehe du völlig erledigt bist?

Ille fährt erschrocken zusammen, als sie Carla laut sagen hört: Ille, weißt du was? Wir hauen ab. Hier mit dieser Mühle. Wir beide, hörst du? Wir gehen richtig auf die Walze. Auf und davon.

Ille grinst ein bisschen konfus. Was ist los mit Carla, sie ist doch sonst nicht so laut. Sie sagt, dass ihr Otto immerhin noch nicht auf der Gostert liege. Aber Carla ist jetzt in Fahrt, kann das jetzt nicht berücksichtigen. Was soll der Otto schon machen? Er wird noch die letzten Meißener Teller, die Ille von ihrer Mutter geerbt hat, aus dem Fenster werfen. Das hat Otto immer getan, wenn Ille mit ihrem schlaffen, nicht fassbaren Widerstand ihn zur Weißglut brachte. Otto Rosenkranz hieß im Ort Otto der Seltsame. Er redete grundsätzlich alle

Tiere, die in seine Praxis gebracht wurden, mit Sie an, während ihm für die Hunde-, Vogel- und Katzenhalter das »du dumm Düppen« leicht über die Lippen ging. Otto Rosenkranz war außerdem ein leidenschaftlicher Anhänger der Kneipp-Bewegung. Jeden Morgen von Mai bis Oktober ging er ins nahe Freibad, und der Urschrei, den er unter der eiskalten Dusche ausstieß, wurde in den besseren Häusern rund ums Schwimmbad allmorgendlich erwartet. Der Rosenkranz hat geschrien, Kinder, jetzt müsst ihr aufstehen. Man respektierte den Tierarzt, kam ihm aber lieber nicht in die Quere. Mit dem Vorndammes Karl, vormals Bauer und Leichenbestatter, verstand er sich hervorragend. Kaarl, din Peerd verlüst sin Kugellager (Rossäpfel). Nemmt et met, schnarrte der Karl beglückt, nemmt et met, et jehört ink.

Am mildesten war Otto Rosenkranz, wenn er mit alten, bodenständigen Berghäusern über deren Viecher reden konnte. Waren die Tiere wieder nicht nach seinen strengen, reformerischen Vorstellungen gefüttert und gehalten, schimpfte er den Bauern eher milde und in Berghäuser Platt aus: Son ahler Stockfüsch würd doch nü klauk. Und so freute er sich auch über die ungewohnt lange Verteidigungsrede des alten Metzgers Schürfeld, der sich weigerte, für seine beiden mächtigen Hunde eigens eine komfortable Hundehütte zu bauen: Wann unse Herrchott dat für notwendig ahngeseihn hä, miene Ströppe mit 'nem Nachtkie'l un 'ner Schloapmütze utterüsten, dann hä hei se domet op de Welt kommen loaten. Nächstens verlangen Se noch, dat eck dem Tyras un dem Türk ne Rosshaarmatratze maken loate …

Ottos Freundschaft mit dem verstorbenen Apotheker Rudolf Valbert hatte sozusagen in der Wiege begonnen. Die beiden waren gemeinsam vom I-Dötzchen zum Korpsstudenten aufgewachsen, hatten als Schüler und Studenten in Berghausen oft für Gesprächsstoff gesorgt. Sie, die auch in späteren Jahren, als sie des Hochdeutschen durchaus mächtig waren, miteinander Platt sprachen, konnten sich in der Erinnerung an alte Jugendstreiche gegenseitig überbieten.

So hatten in einer dunklen Novembernacht Otto Rosenkranz und Rudolf Valbert an das Fenster des Bürgermeisters geklopft. Laut. Lange. Schließlich öffnete Bürgermeister Neuhaus.

Wei es doa?

Eck.

Wat fürr'n Eck?

Du Mulopp, kannste dann nich seihn? Kumm raff!

Diesen Ton nicht gewöhnt, war Bürgermeister Neuhaus tatsächlich verwirrt hinuntergegangen, hatte die Tür geöffnet. Sofort wusste er, wen er da vor sich hatte. Den berüchtigten Otto Rosenkranz.

Wat wuss du?

Nix. Eck wull bloß seihn, wo flott du in de Buxe kömes.

Den Sonntagsgottesdienst schwänzten sie grundsätzlich. Weil die Väter ja auch, statt in der Kirche, in der Wirtschaft vom Chrooten Peter saßen. Wenn Ottos Mutter dann fragte: Wat het der Pastor gesagt?, pflegte er zu antworten ... Amen woar op jeden Fall dobi. Und wenn sie weiter inquirierte: Wat henn it dann gesungen?, knurrte er: Liebster Jesu, wir sind hier, die angern sinn biem Chrooten Peter.

In den kargen Kriegsjahren hatte sich der Vorndammes Karl ein neues Herzhäuschen gezimmert. Eine Brille, zwei Seitenwände, vorn die Tür, Dach drauf, das Ganze angebaut an die Reste der Stadtmauer. Wasserspülung war damals noch nicht überall Mode, der Vorndammes Karl hatte Windspülung und überließ die Hauptsache den Fallgesetzen. Eines Abends sahen Rudolf und Otto, wie der Karl mit runtergelassener Hose zu seinem Herzhäuschen retirierte. Im Nu waren sie heran. Hauruck, hauruck. Schon hoben sie das ganze Zufluchtsörtchen von der Mauer. Mitsamt dem zappelnden und fluchenden Karl darinnen. Sie trugen es bis an die Friedenseiche, verschlossen den äußeren Hebel, und die letzten Zecher, die spät und betrunken von Bockemühlen Emma kamen, mussten den Karl befreien.

In späteren Jahren war Ottos Mutterwitz leider umgeschlagen in ein cholerisches Temperament, das ihm immer häufiger Ärger und Ille Kummer eintrug. Einmal hatte er, völlig betrunken, mit einem Mann Streit angefangen, der ihn, den Eloquenteren und Überlegenen, schließlich in hilfloser Wut als alten impotenten Sack beschimpft hatte. Da war Otto mit einer abgebrochenen Flasche auf ihn losgegangen und hatte ihm das Gesicht schlimm zugerichtet. Für jeden anderen hätte das vermutlich böse Folgen gehabt, aber für Otto traf es sich, dass der Staatsanwalt in der Kreisstadt ein Schulfreund war, der dafür sorgte, dass Otto mit einer Geldbuße davonkam. Für Ille war diese Geschichte, eine unter vielen, neuerliches Indiz. Ottos Gewohnheiten, sich über Grenzen hinwegzusetzen, hing zusammen – das wusste sie, ohne etwas ändern zu können – mit ihrer Beziehungslosigkeit. Sie suchte den verletzten Mann auf, gab Geld, ließ sich beschimpfen in stillschweigendem Schuldbewusstsein.

Jetzt stützte sie resigniert die Arme auf den Haltegriff des Seitenwagens: Dass ich mich immer noch vor den anderen geniere. Aber so war sie nun mal. Sie hatte sich abgefunden mit sich selbst. Besonders mit Cassis ging das ganz ordentlich. Und im Moment ist Ille sowieso nur müde. Sehr müde sogar. Ich glaub, meldet sich Carla, ich glaub, ich bin betrunken.

Beide sitzen still auf dem Motorrad. Ille fällt ein, dass Otto heute noch bei Meurers Katze einen Kaiserschnitt machen wollte. Vielleicht schnitt er jetzt gerade den rasierten Bauch Minkis auf und holte die nassen Katzenkügelchen raus. Annegret Späth, Ottos Sprechstundenhilfe, assistierte ihm dabei. Annegret Späth. Stachel im Fleisch. Ille wusste nicht, wieso. Sie konnte das Schweigen nicht mehr brechen, sich nur noch manchmal verletzen an Ottos Bruchstellen, Rissen, Zacken. Warum war es ihr da nicht gleichgültig, ob Otto und die Späth …? Plötzlich beginnt Ille leise zu kichern. Carla schaut besorgt. Weint sie? Nein, sie hält den Hals der Karaffe nach unten, wie Nero den Daumen: Carla, ich fahre mit. Carla ist gerührt, Ille deklamiert: Ich werde meine Lieder in den Wind singen und deine Träume mit rosarotem Samt ausschlagen, wir werden erloschene Vulkane entfachen, aus voller Fahrt unser Pulver verschießen …

Carla kann an Illes Lyrik den Alkoholpegel ablesen. Sie hilft ihr fürsorglich aus dem Seitenwagen. Komm, Ille, jetzt bist du wirklich blau. Jawohl. Eingehakt gehen die beiden Frauen zurück ins Wohnzimmer, wo die engste Familie schon besorgt nach ihnen Ausschau hält. Fragen nach dem Woher weisen sie zurück, in alkoholgestärkter Rechenschaftslosigkeit. Nur gelegentlich dezent aufstoßend, hilft Ille der Freundin, Nachtlager für die anderen zu richten. Sie bringen Anina zu Bett. Als sie über den Flur zurückgehen ins Wohnzimmer, ruft Ninchen sie zurück: Omi, Ille, ich bete gerade, braucht ihr was? Ille schüttelt den Kopf in Richtung Carla: Von uns hat sie das nicht.

Petra legt respektvoll den Arm um beide. Jesus, seid ihr blau!

Wie so oft, ist Ille auch diesmal von Petra bezaubert. Petra ist ihr näher als ihre eigene Tochter Ele. Warum war diese Kälte, diese ungute Empfindlichkeit zwischen Carla und Petra? Warum war Petra ein Jahr vor dem Abitur ausgerissen, in der Welt herumgetrampt? Carla hatte nie darüber reden wollen, Ille hatte das akzeptiert. Schließlich war Fremdheit zwischen Mutter und Tochter für sie nichts Unbegreifliches. Aber warum musste das so stark werden, dass man es von außen wie einen eisigen Hauch spürte? Und warum weigerte sich Petra immer noch, Einblick in ihre Existenz zu geben? In Berghausen blühte jedes Mal der Klatsch, wenn sie in einer Boulevardzeitung an der Seite eines prominenten Mannes gesehen wurde.

Ich freue mich auf Petra, denkt Ille verschwommen. Sie ist müde von den Erinnerungen. Im Einschlafen sieht sie Carlas schönes Gesicht.

10

Das Frühstück drückt dem nächsten Tag seinen Stempel auf. Güteklasse A. Filterkaffee, duftendes Krustenbrot, Schinken, Eier im Glas. Mit schlechtem Gewissen genießend beschließt Ille, für den weiteren Tag nur noch etwas zu trinken.

Carla isst leichten Herzens ihr Schinkenbrot. Wenn ich mir vorstelle, dass die Herren und Damen von gestern Abend jetzt Waschmaschinen reparieren oder im Supermarkt an der Ladenkasse sitzen – Herrgott, dann platzt mir das Herz. Ille weiß: Ein Ausspruch von Anina. Ihr selber geht es auch sehr gut. Sie will nur die Beine ausstrecken im Seitenwagen und das, was sie an sich vorbeifahren sieht, inwendig notieren.

Carla sagt gerade, dass sie, Ille und Carla, das Herrlichste, Kostbarste und Unwiderbringlichste für sich gepachtet haben: Zeit. Ille, mir wird das erst jetzt klar, so richtig klar, wir können tun und lassen, was wir wollen, fahren oder bleiben, sind niemandem Rechenschaft schuldig. Carla blickt jetzt mit zärtlicher Dankbarkeit, die an ihr komisch wirkt, zum Himmel. Du, Rudolf, mein Täubchen, du hast es mir ermöglicht.

Sie fahren die Loreley-Burgenstraße nach St. Goarshausen. Ille, die aus Kindheit und Schulzeit jede Burgruine, jedes Schloss, jeden Schieferbruch kennt, erfindet sich alles neu. Waren die Weinberge auch schon früher so grün oder wird man erst mit dem Alter sinnlich für Farben, Landschaften?

Manchmal denkt Ille, dass sie früher, als sie jung war, gar nicht hingesehen, hingehört hat in ihre Umgebung. Hatten die blauen Wälder, die melancholische Stimmung ihrer oberbergischen Heimat sie früher angerührt? Hatte der Anblick eines regenglitzernden Baumes, der Duft frühsommerlicher Blüten sie mit Hoffnung erfüllt? Oder sieht man, wenn man jung ist, nur sich selber?

Ille hatte auf ihren Reisen gesehen, wie aus den Schuttbergen und Trümmerhöhlen erst riesige Baustellen und dann wieder Städte wurden. Sie hatte Seidenstrümpfe gekauft und das erste Eis ohne Marken bei Giesselmanns. Die Ausgebombten aus Köln, Düsseldorf, Essen gingen wieder zurück oder hatten sich etabliert, die Flüchtlinge aus dem Osten bauten vom Lastenausgleich. Es gab wieder Platz in den Wohnungen. Die Regale in den Geschäften füllten sich. Als Otto Rosenkranz sein erstes Auto, den Leukoplastbomber von Borgward, kaufte, fuhren sie mit Carla und Rudolf nach Köln zum Einkaufen. Ille bekam ein Kostüm im Prinzessstil, Carla schockierte die Berghausener mit einem Topfhut aus Persianer.

Damals hatte Rudolf sich die BMW gekauft. Scharen von Motorrädern, Rollern und Kabinenrollern schwärmten aus. Menschen in Aspik hieß das damals.

Jetzt ist es fast elf Uhr. Ille denkt an daheim, an Otto. Ob er mit der Späth –? Ille sieht ihr Wohnzimmer, die Sonne, die morgens schräg einfällt, die tausend Staubfünkchen. Um diese Zeit hätte sie das Frühstücksgeschirr abgeräumt, eingekauft auf dem Grünen Markt in Gummersbach. Während Frau Becker, die Zugehfrau, um sie herumputzt und erzählt, bereitet Ille das Mittagessen vor. Frau Becker richtet ihre Arbeit immer so, dass sie um Ille herum sein kann. Und Ille hört gern zu, wenn Frau Becker von sich erzählt, sechsundzwanzig ist sie und auf nachlässige Art hübsch, ihr fehlen zwei Eckzähne. Der Mann ihrer Schwester, dieser Idiot, sagt Frau Becker, habe doch einen Selbstmordversuch gemacht. Alle Haare seien ihm ausgefallen, Rattengift habe er genommen, der Dummdodel. Und warum? Er will nicht glauben, dass das erste Kind, der Andreas, von ihm ist. Kann denn die Schwester ihm das nicht beweisen, da gibt es doch humangenetische … Frau Becker schaut nachsichtig zu der nichtbegreifenden Ille hoch. Meine Schwester? Die weiß doch selbst nicht, von wem's is.

Aber gestern war's schön. Gestern waren Beckers in Frankfurt. Im Puff. Wie? Wer? Na, ich und mein Mann. Ja, aber … Na, er geht rein und ich bleib draußen im Auto, kuck, wer da so reingeht und rauskommt. Sollte man nicht für möglich halten. Die feinsten Männer, nicht nur Türken. Ja, aber, macht es Ihnen denn nichts, wenn Ihr Mann da …

Wieso, der kann auch nur kucken, seine Brieftasche muss der bei mir lassen. Frau Becker versteht manchmal nicht, dass die kluge Frau Doktor so unpraktisch denkt.

Frau Beckers Mann, auch sechsundzwanzig, hatte jüngst eine Freundin, irgendwer hatte es seiner Frau gesteckt. Da bin ich aber hin zu der, hab ihr gesagt, also, zu verleihen hab ich nix, wenn du ihn willst, meinen Fredy, dann aber ganz, dann wasch ihm auch die Socken und besorg dir Ohropax, der schnarcht wie tausend Mann. Fredy war geblieben, und Frau Becker ging seither einmal die Woche tanzen, ohne Fredy, mit einer Freundin. Als Genugtuung sozusagen.

Frau Becker kannte das Leben. Als Ille sich einmal

zum Ausgehen zurechtmachte, Parfüm hinters Ohr tupfte, tauchte Frau Beckers Kindergesicht hinter ihr im Spiegel auf. Ja, ja, das mögen sie, die Kerle.

Ob Frau Becker sie vermisste? Ille hatte die junge, unkomplizierte Frau gern, die ihr oftmals näher schien als Ele, ihre gleichaltrige Tochter. Was wusste Ille von Ele? Dass sie ein zartes, helles Kind mit vielen Talenten gewesen war. Ele bekam früh Klavierunterricht, ging zu einer Kölner Bildhauerin, die nach dem Krieg in Berghausen hängen geblieben war, zum Töpfern. Der Christus am Kreuz, den Ele mit zwölf Jahren gemacht hatte, wurde in Bronze gegossen und hing in der Kirche. Ele lernte auch früh reiten. Sie hatte den Pferdewahn. Jahrelang. Malte nur noch Pferde, las nur noch Pferdebücher, haute allen Leuten auf den Hintern oder die Schulter, als habe sie ein Pferd vor sich. Otto liebte die Tochter auf seine mürrische Art. Alles, was Ele vor anderen auszeichnete, fand er zwar übertrieben und hoffärtig, aber durch seine brummige Kritik schimmerte sichtbar der Stolz auf sein Kind. Illes Verwunderung, dass ihre Ele schwanger werden und ein Kind auf die Welt bringen würde, war bis zum heutigen Tag geblieben.

Ele, meine Tochter. Die eigentümliche Fremdheit zwischen ihnen, die beiden manchmal bewusst wurde, wehtat, wich niemals. Ist Fremdheit zwischen Mutter und Tochter erblich? Einmal, als Ille noch jung war, um die dreißig, hatte sie im Garten gestanden und in der Glasscheibe des Gewächshauses ihr Spiegelbild gesehen. Ihr Schrecken war tief. Ille sah das Gesicht ihrer Mutter. Sie, hinter deren Parteiabzeichen sich die ganze Familie Schütte-von Lingen versteckt hatte, sie, die für alle Frauen im Ort vorbildhaft dem Führer gefolgt war, hatte 1946 ihren ersten Hirnschlag erlitten. Ein weiterer folgte. Ihr früher fein geschnittenes, zartes, fanatisches Gesicht quoll immer mehr auf. Ihre Mutterkreuzaugen, jetzt ins Leere quellend, sahen Ille nicht mehr an. Die gänsehauterzeugende Bewunderung, die Ille immerhin für ihre glänzende Nazimutter gehabt hatte, war belastendem Widerwillen gewichen. Besuchte sie die Mutter, die in einem Nümbrechter Heim lebte, streichelte sie ihr die Hände, ratlos, bis sie schließlich das Gefühl hatte, dass die Kranke es gar nicht mochte, unruhig wurde. Da ließ sie es.

Wird Ele auch erschrecken, wenn sie eines Tages entdeckt, dass sie mir gleicht? Die Leute behaupteten, Ele sei ihre Mutter noch einmal. Wie runtergerissen. Ille ließ der Kleinen noch lange Jahre Kleider schneidern, die den ihren möglichst genau glichen. Bis die Zwölfjährige protestierte. Ele, die schweigsame Tochter, die aber auftaute, wenn Carla mit ihr sprach. Ele bewunderte Carla, holte sich bei ihr Zigaretten, obwohl Ille ihr das Rauchen nicht verboten hätte. Als Ele ihre Menses bekam, wusste Ille es wochenlang nicht. Ele hatte sich bei Carla in der Apotheke versorgt. Ele, die jetzt selber ein Kind erwartete. Ob sie auch, wie Ille damals, manchmal Angst bekommen wird vor ihrem Bauch? Vor dem gläsernen Fremdling, der darin wächst und wächst?

Auch Carla ist in ihren Gedanken in Berghausen. Sie kann sich nicht so tief versenken wie Ille, denn die kurvige Straße mit ihren Buckeln und Senken erfordert Aufmerksamkeit. Carla möchte manchmal die Augen schließen, um zu dem kraftvollen Gleiten noch das Gefühl der Schwerelosigkeit zu bekommen. Sie will abheben, gleiten, fliegen. Hinziehen über die grünhügeligen Weinberge, die schiefernen Dächer, das bleisilberne

Band des Rheins. Doch Berghausen sitzt mit auf dem Motorrad, Carla kann nicht abheben, Gottfried sitzt hinten, ist tonnenschwer, erhöht das zulässige Gesamtgewicht. Gottfried, unnütze Nutzlast. Der hat seiner Lebtag noch keinen Finger gerührt, sagen sie von ihm. Muttersöhnchen. Er war eine Frühgeburt gewesen, sofort aufgegeben von der Hebamme. Doch seine Mutter hatte ihn nicht aus den Armen gelassen, Wärmflaschen verlangt. Sie hatte ihn Tag und Nacht gewärmt neben sich, hatte ihn, der kraftlos war, tropfenweise mit Milch gefüttert, zigmal am Tag. Sie hatte ihn, solange sie lebte, nicht aus ihrem Bett herausgelassen. Rudolf, den Älteren, kränkte die Affenliebe der Mutter zu dem Kleinen, Mickrigen, aber nicht allzu lange. Bald begann er, sich auch verantwortlich zu fühlen, den Bruder auf eine heiße, mitleidige Art zu verteidigen. Nach dem Tod der Mutter verstärkte sich Rudolfs Verantwortung für Gottfried. Er hatte ihn Carla als einzige Hypothek seiner sonst bedingungslosen Ergebenheit in die Ehe gebracht. Hochgebildet und belesen, wie Gottfried war, entwickelte er sich zum geliebten Lehrer der Kinder. Carla überließ ihm die Erziehung von Petra und Klaus-Jürgen nach anfänglichem betroffenem Zögern ganz. Hasste sich für die Erleichterung, mit der sie es tat. Sie hatte alle Zeit für sich selbst gebraucht, Zeit und Kraft, gegen Arthurs Schatten zu kämpfen, ihn zu verjagen aus ihrem Bett, das sie nur mit Rudolf teilen wollte. So, wie sie sich vierzehn Jahre lang gegen jede neue Puppe gewehrt hatte, nur ihre erste, einzige, prozellanköpfige wollte mit den zerfieselten Haaren, die vier Mal dringend in die Puppenklinik musste zum Überleben. So, wie sie alle anderen, viel schöneren Puppen abwies, konzentrierte sich Carla auch auf Rudolf. Gerade, weil sie wusste, dass ihre Mitgift gering, von Arthur nahezu aufgebraucht war.

Rudolf und seiner Liebe wegen hatte Carla begonnen, ihr verschüttetes sexuelles Begehren wiederherzustellen. Wie lange hatte sie gebraucht, Arthurs Hände beiseitezuschieben, damit Rudolf Platz finden konnte auf ihrem Körper. Rudolfs vertrauensvolle Nähe. Er, der im Krieg verwundet, amputiert war, erschien ihr damals als der einzig heile Mensch. Seine Zärtlichkeiten, die nichts von der eruptiven Leidenschaft Arthurs hatten, wiegten Carlas Leib und Seele in Sicherheit. Regte sie sich in der Nacht, war Rudolfs Arm bei ihr, wärmend, schützend. Carla schlief auf der rechten Seite, eingerollt in seinen Schoß, immer wieder spürte sie seinen Mund auf ihrem Nacken.

Rudolf heilte Carlas Wunden, deshalb wollte sie die seinen heilen. Sie wollte seine selige Verwunderung darüber, dass sie, die Schöne, Umworbene gerade ihn ausgesucht hatte, dies Staunen Rudolfs wollte sie verwandeln in Sicherheit. In Freude. Deshalb befahl sie ihren Armen, sich an Rudolfs Nacken festzuklammern, ihn an sich zu pressen, bis ihr schwindlig wurde. Sie befahl ihren Beinen, sich um ihn zu schlingen, unlösbar. Ihrer Stimme befahl sie, zu erdunkeln, Keuch- und Schluchzlaute genauso wie zärtliche Worte parat zu haben. Rudolfs jubelnder Genuss erfüllte sie manchmal mit Neid, beschämte sie auch wohl. Doch irgendwann, nach Jahren intensiver Regie- und Probenarbeit, feierte die Lust Premiere, wich die Synthetik der Natur. Carlas Orgasmen waren keine Alleingänge mehr, unterlagen nicht mehr ihrer eigenen Regie. Rudolf war es, der das Feuer hütete, immer weiter entfachte, sie beide, ineinandergewunden, in glühende Grenzenlosigkeit trieb. Wenn Carla jetzt Rudolfs Namen rief, war es nicht mehr die Beschwörung des Schattens Arthur. Jetzt musste Rudolf sie zurückholen von den Ufern der Bewusstlosigkeit.

Zu dieser Zeit waren sie auch mit dem Motorrad gefahren. Hatten Touren gemacht ins Sauerland, in den Arnsberger Wald. Die für Carla unvergessliche erste Fahrt. Auf kurvigen Straßen die Sorpe entlang, dann bergauf, bergab nach Schönholthausen. Sanfte Wiesen, voll mit gelbem Löwenzahn, Tannen und Büsche unter blauestem Himmel, unter dem dicke Wolkenknäuel hingen, heiter, schneeig. Entlang einer Eisenbahnlinie fuhren sie durch duftende Felder, die Häuser in den Ortschaften, schieferverkleidet, hüteten Geheimnisse. Die Straße, die den Kahlen Asten umrundet, war besonders kurvig. Carla meinte oftmals, in den Himmel zu fliegen, besonders, wenn sie die Augen schloss und die Sonne grellbunte Bilder in ihr Gehirn malte. Carla hatte Rudolfs Profil gesehen, die lange Nase, seine volle Unterlippe, die ihm manchmal etwas Unnachgiebiges, ja, Arrogantes gab. Rudolf. Wenn er Carlas Blick bemerkte, wurde sein Mund sofort weich, er lachte verlegen, gab mehr Gas, sodass er sich aufs Fahren konzentrieren musste.

Rudolf. Seine Kriegswunden heilten nicht, trotz Carlas Beschwörungsformeln. Trotz der Amputation. Seine ständigen Schmerzen, seine stumme Verzweiflung, die aus Carla, gegen ihren Widerstand, eine nicht überzeugte, wenig überzeugende Trösterin machte.

Rudolf und Gottfried. Zwei Patienten, nun ausgeliefert Carlas wachsender Ungeduld. Dagegen rotteten sie sich zusammen, wurden eins, die früher so ungleichen Brüder Valbert.

Sie klammerten sich aneinander, wärmten sich gegen

Carlas Kälte. Ihr stillschweigendes Einvernehmen war Verschwörung gegen Carlas gelegentliche Wutausbrüche. Halt das aus, sagte einer wortlos dem anderen, warte noch, gleich hat sie sich ja wieder eingekriegt. Wenn wir uns tot stellen, hört sie am ehesten auf, uns zu schikanieren, schämt sich womöglich.

O ja, Carla schämte sich, dass die zähen Tage mit den beiden in ihrer Behinderung so eigensinnigen Männern aus ihr langsam eine sich selbst fremde Frau machten. Wo war ihre tiefe Zärtlichkeit, ihr Verlangen nach Rudolf? Hatte sie es auf den Krankenhausfluren verloren oder in den zahllosen wachen Nächten, in denen Rudolfs Stöhnen die Zeit einteilte? Oder in den Tagen, wo sie durch die Hilflosigkeit Rudolfs eingesperrt war?

Seit der Heirat der allgegenwärtigen, völlig selbstständig arbeitenden Haushaltshilfe, gab es nur noch eine Putzfrau, die stundenweise kam. Die beiden Männer übertrafen einander an ordnungsverachtender Faulheit. Ihre Hosen und Socken, ineinander verdröselt, lagen hinterm Bett, türmten sich auf den Stühlen. Zigaretten- und Pfeifenasche wiesen den Weg zu ihnen. Keiner von beiden brachte je den Mülleimer raus. War er voll, häuften sie leere Milchtüten und Konservendosen obenauf, lauerten förmlich hinter den Türen auf Carlas Schrei. Denselben subtilen Terror verübten sie mit der Klorolle. Jedes Mal, wenn Carla auf eine der Toiletten kam, die leere Papprolle sie angrinste, überkam sie eine Wut, deren Banalität ihr das Blut in den Kopf trieb. Sie hatte es in all der Zeit nicht geschafft, würde es wahrscheinlich nie schaffen, dass die beiden Herren Valbert eine Klorolle, die zu Ende ging, gegen eine neue auswechselten. Wenn sie, auf Carlas Vorhaltungen hin, mal eine Rolle herbeischafften, stellten sie sie halt auf den Boden. Meistens jedoch blieb für Carla nur ein winziger Fetzen Papier auf der Papprolle, gleichsam als Alibi. Offenbar verzichteten die beiden eher auf ihre Verrichtung, als eine Klorolle aus dem Vorratsschrank zu holen, die alte aus dem Bügel herauszuheben, wegzuwerfen, die neue hineinzuzwängen. Das schien Gottfried und Rudolf zuwider zu sein, auf unverständliche, Carla terrorisierende Weise unmöglich.

11

Seit zwei Tagen schon taucht die Sonne das Rheintal in kupferfarbenes Licht. Carla und Ille wollen all die touristisch verschlissenen Orte besuchen. Sie wissen, dass ihnen alles leuchtet, Kaub, Rüdesheim, Bingen, Nackenheim. Kurz vor Worms passiert es dann. Es nieselt. Die Straße hat die nach langer Trockenheit gefährliche Schmiere, Carla hat sich darauf eingerichtet, doch in einer schmalen, grünumbuschten Rechtskurve erschreckt sie ein Saab, der unvermutet aus der grünen Schlucht auftaucht. Eine Sekunde Schrecken genügt, die Maschine nach links, den Seitenwagen hochzureißen. Carla will gegenlenken, die Maschine überschlägt sich ins Gebüsch, bleibt liegen mit laufendem Motor, der irgendwann abstirbt. Langsam läuft das Benzin aus, versickert in der Stille.

Entweder hat der Fahrer des Saab nichts bemerkt, oder er ist flüchtig, jedenfalls rührt sich nichts. Nichts. Die Luft ist schweigsam. Sekunden, Minuten tröpfeln. Carla findet sich verwundert neben der Maschine. Leergekippt der Seitenwagen. Ille. Carla ist, als könne sie die Situation ungeschehen machen, wenn sie nicht um sich blickt.

Sie hat starke Sehnsucht nach dem durchsonnten Pankower Speisezimmer, nach dem runden Esszimmertisch ihrer Kindheit, der alten Standuhr, dem dicken Kater Hannibal, der grünäugig blinzelnd Carlas Klavierspiel lobte. Heile, heile Segen. Das schmerzt.

Was schmerzt? Der Fuß, unter dem Hinterrad. Carla kann ihn herausziehen, das Rad liegt nicht auf, trotzdem schmerzt der Fuß, ist vielleicht verrenkt. Und sonst? Es soll einen Mann gegeben haben, der mit seinem Auto ins Schleudern kam, gegen einen Baum fuhr, ohne jeden Schmerz aus dem Auto ausstieg und heimging. In der Nacht, in seinem Bett, starb er. Innere Verletzungen. Hatte Carla innere Verletzungen? Wie unterscheidet man Schmerzlosigkeit von Schock? Schock, weiß Carla, kann tödlich sein. Ille. Endlich sucht Carla Ille. Die Verzweiflung ist jetzt größer als die Angst, sie zu finden.

Ick bin allhier. Hat Carla doch einen Schock? Ille hockt zwei Meter hinter ihr in einem Busch, aus einer Platzwunde läuft Blut über ihr Gesicht. Carla möchte das Grinsen der Freundin konservieren. Ille, sie grinst wahrhaftig, ein Grinsen, das ihr blutverschmiertes Gesicht durchleuchtet, das in ein Lachen zerplatzt, Ille lacht und lacht, lacht und weint, nein, sie lacht, atmet schließlich schwer vor Lachen. Sie kriecht erst auf Carla zu, umarmt die Freundin, dann steht sie auf und umarmt den nächsten Baum. Sie kann sich kaum beruhigen.

Carlas Kopf tut weh. Sie bringt den Sturzhelm nicht runter. Jetzt kommt Ille, biegt unten die Flanken kräftig auseinander, zieht den Helm nach hinten ab. Bei ihrem eigenen macht sie es auch so, wischt sich ständig das Blut über den Augen weg. Carla erhebt sich vorsichtig, scheint alles heile, wieso auch nicht, wär ja noch schöner.

Jetzt kommen auch Leute übers Feld gelaufen, neugierig stehen sie da und starren die beiden Frauen an. Die sind doch wahrhaftig mit dem Ding da gefahren. So ein Blödsinn, sieht man ja, was draus wird, sagt eine Frau mit feindlichen Blicken. Ein junger Bursche, »los, helft mal mit«, hebt die Maschine wieder auf die Räder. Den Krankenwagen haben sie schon bestellt, zwei Jungen hatten den Unfall gesehen. Die Leute sind offenbar enttäuscht, keine Schwerverletzten vorzufinden, murmeln miteinander wie Geprellte. Verrückte Weiber, zu viel Zeit. Carla murmelt auch, tuschelt zu Ille, dass sie sich wie im Zoo fühle. Aber die da sind die Affen. Die Sanitäter, die mit dem Krankenwagen kommen, wollen kein Risiko eingehen, sie betten Ille und Carla auf Tragen, fahren ins Krankenhaus von Worms. Im Auto rumpelt es wie verrückt. Carla sagt Ille, dass sie dauernd glaubt, von der Trage zu fallen. Ille geht es auch so. Sie schlägt vor, dass sie die beiden Sanitäter auf die Liegen schnallen und selber nach Worms fahren. Lieber nicht. Carla ist ein bisschen spitz um die Nase. Ihr ist schlecht. Ich glaub, ich muss kübeln. Sehen Sie, sagt der Sanitäter zufrieden, Sie haben eine Gehirnerschütterung. Bleiben Sie ruhig liegen.

Carla hat vor allem Gewissensbisse. Was hat sie Ille eingebrockt. Ille? Ich kann gut verstehen, wenn du die Nase voll hast vom Fahren, wenn du zurück möchtest nach Berghausen.

Carla ist so übel, dass sie sich ohne weiteres von ihrer eigenen Idee verabschieden könnte. Ihre Sehnsucht, schwach zu sein, irgendwo hinzuheulen, lässt jeden Unternehmungsgeist verhungern. Doch, wo soll sie hin, wo sollen sie und Ille hin? In Berghausen können sie sich nicht sehen lassen ...

Carla möchte alles verfluchen, sich selber vor allem. Warum hab ich Ille nicht zu einer Kreuzfahrt in die Ägäis eingeladen, wo andere ältere Damen auch hinfahren. Ohne mich hätte Ille nie ihren Mann sitzen lassen. Carla schaut angstvoll zu Ille, doch die liegt schaukelnd da in ruhiger Heiterkeit, ihre Züge sind weich, Ille scheint weit weg, ganz mit sich allein, wie so oft. Die Fahrgeräusche, das Schnaufen des asthmatischen Sanitäters, der sich ständig den Schweiß von seiner Babystirn wischt. Er schaut von Carla zu Ille, wischt, schnauft, schaut. Er hat wässrige Augen mit blonden Schweinewimpern. Ille fühlt sich entspannt. Ille schaut die Armaturen an. Sie scheinen auf ihren Einsatz zu warten. Ille sieht in dem sich spiegelnden Metall plötzlich wieder die grüngepolsterten Ebenen des modernen Wartezimmers, passend grün dazu das Magazin GEO, Bericht über eine Expedition zum Ruwenzori-Gebirge in Afrika. Heidekraut, hoch wie Bäume, Moos- und Flechtenmassen hängen zentnerschwer von dessen Ästen herab. Die Männer darin kleine Wichte. Hier fallen die Quellen des Nil vom Himmel, heißt es in dem Magazin. Ille sieht gewaltige Wassermassen über Felsen stürzen, in tiefe Moospolster eindringen. Wälder gibt es da, wo zarte Flechtenschleier von den Ästen der Bäume herabhängen. Wahre Wiesenwälder, die Bäume sind Blumen, die ihre welken Blätter nicht abwerfen, sondern zum Schutz vor Kälte damit die Stämme einhüllen. Sich bergen können in ihrem grünen Schutz. Niemand würde Ille finden, keiner sie rufen können wie jetzt die Sprechstundenhilfe. Frau Rosenkranz bitte. Vorsorge. Der Arzt tastet die Brust ab, medizinisch sanfte, zärtliche Hände, umkreisend, zusammendrückend, rechte Brust unauffällig, linke Brust. Ja, Moment, ja, da ist etwas, tasten Sie niemals selber Ihre Brust ab? Nein? Sollte aber jede Frau tun, da ist eine Verdichtung, gut abgrenzbar, verschieblich, relativ derbe Resistenz, ja, wie bitte? Wie groß? Nun, ein Zentimeter Durchmesser.

Die Beschreibungen sickern in Ille ein wie das Wasser ins Moos. Sie sieht den Kopf des Arztes links unter sich, schaut auf das silbrige Haar, oben etwas schütter. Die Kopfhaut ist gebräunt. Ille hört seine leise, warme Stimme, er ist ein Arzt, wie man ihn selten findet. Ruhig, mit sanften Bewegungen, zärtlich, uneitel. Aber jetzt enthält die sanfte Stimme Scharfkantiges. Dringend abzuklären: Mammographie, Zytologie, Thermographie, Xerographie – für Ille wie eine Drohung. Grabgesang?

Sie schaut hinunter auf ihre Brüste. Sie sind an ihrem Platz wie immer, unschuldig glänzt die Haut, schimmern die blauen Adern. Sie verraten nichts von dem Leben der Zellen in ihnen, die sich stetig vermehren, Tag um Tag, Stunde um Stunde. Eine Zeitbombe tickt in Ille.

Der Sanitäter berichtet mit schnaufendem Atem von seinem Sohn, der verunglückte. Und er, der Vater, kam mit dem Notarztwagen zur Unglücksstelle. Was sollen Sie dazu sagen, fragt der Sanitäter Ille schnaufend.

Ille wusste, dass sie für Sekunden heiße Angst bekommen konnte, doch dann war Ille wieder voller Heiterkeit. Beispiele, wo verdächtige Knoten in der Brust sich als harmlos herausstellten, gab es genug. Morgen konnte sie, Ille, auf irgendeine Weise verunglücken. Morgen? Heute, jetzt, in dieser Sekunde kann der Krankenwagen ein Rotlicht überfahren, mit einem anderen Auto zusammenstoßen. Und wozu machte Ille schließlich die Motorradreise? Eben erst hatte sie erfahren, wie schnell es gehen kann. Aber sie waren dem Tod von der Schippe gesprungen, sie und Carla.

Unser Vehikel, wir lassen es wieder herrichten, denkt Ille. Wir wollen zu Land ausfahren, jede Minute spüren, festhalten das Monstrum Zeit, von dem man immer nur die Schlusslichter sieht. Wir sind endlich aufgebrochen, lassen uns nicht mehr von den anderen zum Tanz bitten, links herum führen, rechts herum. Links herum, rechts herum. Immer greller die Musik, neue Rhythmen, wenn man die alten noch gar nicht im Blut hat, muss man schon wieder nach neuen Weisen tanzen. Ich möcht endlich mal alleine tanzen, ohne Last, ohne Führung, ohne Musik. Nach der Musik, die in mir ist, nach der möchte ich tanzen, allein, meinem eigenen sanften Rhythmus folgen, mich lösen, schweben. Allein.

Die Röntgenaufnahmen in der Klinik zeigen, dass alles heil geblieben ist, bis auf Illes Schramme auf der Stirn, die der Arzt mit einem Pflaster zusammendrückt. Da es ohnehin regnet, bleiben sie einen langen, gemütlichen Tag lang in Worms. Carla liegt im Hotelzimmer, pflegt Nägel und Haare, lässt sich's gut gehen. Ille kauft Zeitungen, liest Carla die Weltläufte vor. Am nächsten Morgen ist es hell, trocken, warm.

Sie fahren über Heidelberg, Sinsheim, Bad Rappenau, Bad Wimpfen nach Obereisesheim. Hier lebt Hans Valbert, ein Vetter von Rudolf, der seit dreißig Jahren Motorräder sammelt, Veteranen aus dem In- und Ausland. Von ihm hatte Rudolf damals die BMW gekauft. Hans begutachtet sie, lobt den guten Zustand, zeigt Carla und Ille seinen neuesten Fund, ein altes französisches Seitenwagengestell mit Sitzen aus Korbgeflecht. Überhaupt können Carla und Ille sich kaum sattsehen an seinen alten Maschinen, die Bilder heraufbeschwören von Zeiten, als Motorräder und Autos noch eine Seltenheit waren. Irmgard, die Frau von Hans, will die beiden unbedingt für einige Tage dabehalten. Sie fährt selber mit ihrer Freundin in einem Gespann bei Veteranenrallyes mit. Gemeinsam mit Hans und Irmgard fahren Carla und Ille nach Neckarsulm, ins Zweiradmuseum. Hans holt für diese Fahrt auch ein Seitenwagenmodell heraus, eine NSU, schwarzsilbern. Carla, die sich nicht auf die Strecke konzentrieren muss, da sie hinter Hans herfahren kann, genießt diese Fahrt doppelt.

Zwei Tage bleiben sie, Ille erzählt mit Hans von alten Zeiten, der gemeinsam verbrachten Jugend in Berghausen, von Rudolf, den Hans zärtlich Vettermann nannte. Hans sieht Rudolf ähnlich, Carla war das eigentlich noch nie so stark aufgefallen. Hans hatte es nach dem Krieg Irmgards wegen nach Obereisesheim verschlagen, er hatte die Auto- und Motorradwerkstatt von Irmgards Vater übernommen, einen kleinen Betrieb, der jetzt ein bekanntes Autohaus war, dem Hans noch ein Motel angegliedert hatte. Irmgard, Schwäbisch schwätzend und vital, kocht Maultaschen, backt Johannisbeerkuchen mit einem Guss aus Sahne und Eiern, der einen die gute Erziehung vergessen lassen konnte. Wenn wir hier noch lange bleiben, beschwor Ille Carla, muss ich einen neuen Lederanzug haben. Sie nahm noch eine Portion Spargel mit Sauce hollandaise.

Sie stehen früh auf, es ist erst halb sechs. Hans hat ihnen die Fahrtroute aufgeschrieben. Über Schwäbisch Hall, Crailsheim, Nördlingen nach Ingolstadt. In Ellwangen an der Jagst machen sie Mittagspause. Der Himmel ist noch nie so blau gewesen auf dieser Reise, sagt Carla, lass uns ein Picknick machen. In einem Supermarkt gleich am Ortseingang kaufen sie gegrillten Schweinebauch, Stangenweißbrot, Rotwein, Roquefort. Ille isst fast nichts, schließlich hält sie Diät. Beim zweiten Bissen vom Gegrillten findet sie, dass es wenigstens für heute völlig sinnlos ist, Diät zu halten. Warum soll ich mir nicht all die guten Dinge antun, die es auf der

Welt gibt? Warum soll ich nicht ein bisschen dick sein und gute Laune haben?

Der Rotwein hat sie müde gemacht. Auch Carla streckt sich wohlig. Sie schauen entspannt und dösend in den Ellwangener Himmel. Ellwangen an der Jagst. Heute ein Synonym für Einssein mit sich und der Welt.

Zuerst richtet sich Carla auf und lauscht, dann kommt auch Ille hoch. Auf der etwa dreihundert Meter entfernten Straße sehen sie vier, fünf Motorräder, drei wenden gerade, kommen zurück, versammeln sich bei den anderen. Sie alle schauen zu Carla und Ille, scheinen sich zu besprechen.

Den beiden Frauen wird angst. War es richtig, sich so weit von der Straße einen stillen Rastplatz zu suchen? Es passiert so viel. Ille sieht, dass auch Carla blass ist, Brieftasche und Scheckkarte einwickelt in die Wolldecke, die sie in der Gondel verstaut. Ille hört Irmgards Stimme: Motorradfahrer sind Kameraden. Alle?

Jetzt kommen sie übers Feld, es sind inzwischen acht Motorräder, schwere Maschinen zum Teil, Suzuki, Kawasaki, Motoguzzi. Carla und Ille haben inzwischen unterscheiden gelernt. Es sind ausnahmslos Männer, junge Männer in alten oder auf alt gemachten Lederklamotten, einer hat eine Jeansweste über der Ledermontur, Ille sieht ein leopardenbedrucktes Tuch unter einer Jacke. Was wollen die? Bisher waren Ille und Carla jedes Mal winkend und hupend überholt worden von anderen Motorradfahrern. An den Ampeln der Ortschaften hielten die Fahrer, schoben das Visier ihrer Sturzhelme hoch, die Tücher, die sie oftmals noch darunter trugen. Dann fragten sie nach dem Woher, gaben Ratschläge für das Wohin, fuhren auch mal vor- oder nebenher, Carla und

Ille in ein Hochgefühl von Zugehörigkeit versetzend. Aber diese hier?

Sie schieben ihre Helme hoch, steigen ab. Ein Rothaariger mit Stupsnase sagt lachend zu dem Dunklen, Pickligen neben ihm: Die habbe Angst, mir mache se alle. Mann, wo haste denn deinen Schlagring, grinst ein heller Stiftenkopf mit lustigen Augen. Ille und Carla atmen auf. Die acht aus Frankfurt, Blue Angels steht bei einigen auf dem Rücken der Jacke, sind unterwegs nach Ulm, zu einem Motarradrennen. Un da hammer euer Gespann g'sehn un wollde mal gugge, ob euch was fehlt.

Sie lassen sich von Carla berichten, dass sie auf dem Weg nach München sind, schon fast zwei Wochen unterwegs. Einer sagt freundlich: Also des find ich jetzt stark, ihr zwei alte Mädels uff der Rolle, da kannste lang suchen, bis de e Junge findst, die des bringt.

Erleichtert über die Freundlichkeit der Jungen schlucken Ille und Carla auch dieses Kompliment, freuen sich, weil die Jungs ihretwegen einen Umweg beschließen, sie begleiten auf dem Weg nach Nördlingen. Mir kenne die Eck hier wie unsere Westentasch.

Auf kleinen, unbelebten Straßen fahren die Jungen geräuschvoll vor, neben und hinter dem Gespann, es ist ein Gedröhn und ein Gehupe, ein Winken und Wettrennen der Jungen, für Ille eine Art anstrengender Triumphzug, der ihr manchmal den Angstschweiß heraustreibt. Und so ist sie auch eher erleichtert, als bei einem Ort, der Lauchingen oder so ähnlich heißt, das Rudel an einer Kreuzung hält, sich winkend verabschiedet und rechts abbiegt, während Carla und Ille geradeaus weiterfahren Richtung Nördlingen.

Abends, in einem Gasthaus in Marxheim, verstehen beide nicht mehr, warum sie sich vor der Gruppe gefürchtet hatten. So richtige Dramen, sagt Carla, nachdenklich-zufrieden ihre Backerbsensuppe löffelnd, richtige Prüfungen mit Rockerüberfall und so finden nur in der Zeitung oder im Fernsehen statt. Zu uns passt das nicht, wir sind Dutzendbürger.

Wenn man dich hört, sagt Ille erstaunt, könnte man glatt meinen, dass du gern mal Opfer eines Überfalls wärest.

Aber nur, wenn ich siegreich daraus hervorginge. Carlas Augen blitzen kämpferisch. Was meinst du, wie ich jeden zusammenhauen würde, der dir was tun will.

O Gott, seufzt Ille, lieber nicht, die Leute, die du geschlagen hast, fahren noch alle Auto, sind gesund und munter.

Über Ingolstadt geht es am nächsten Tag durch die Holledau nach München. Die Luft ist so warm, dass sie am liebsten überall Rast machen und in der Sonne liegen möchten. Aber München zieht sie an wie das Meer, das man in der Ferne ahnt.

12

Sie wollen nach Strasslach, zu Klaus-Jürgen, der hier mit Sabine, seiner Frau, und den beiden Söhnen lebt. Sie fahren über den Mittleren Ring in Richtung Salzburg. Eingereiht in die Viererreihen, aus den meisten Autos interessiert betrachtet, folgen sie dem weißen Zeichen Salzburg. Das ist einfach und Carla atmet auf. Sie hat gefürchtet, sich nicht durchzufinden nach Strasslach, wo Klaus-Jürgen wohnt, dessen Haus Ille noch nicht gesehen hat.

Die Sollner Villen, teils versteckt hinter Buschgrün, liegen in der Maisonne. Walmdächer, Rauputz, Porsches, Jeeps und Dackel. Carla und Ille fahren die kurvenreiche Straße zur Isar hinunter, nach Grünwald. An der Brücke, dort, wo es runtergeht zum grausteinigen Ufer der Isar, stellen sie die Maschine ab. Es ist Mittwochmorgen, doch sitzen viele Leute auf den Steinen. Manche haben Feuer entfacht, grillen, lagern, schmusen, Kinder lassen Steine flach übers Wasser flitzen, einmal, zwei Mal aufhüpfen, toll.

Ille atmet tief. Die Luft scheint ihr nach Goldregen zu schmecken, das Wasser leuchtet. Sind die Leute, die hier auf den Steinen liegen, ausgewählt, bevorzugt vor anderen? Hat das rothaarige Mädchen, das seinen lila Rock wie eine Blume um sich ausgebreitet hat und mit zufriedener Konzentration strickt, keine Vorlesung, oder hat es Urlaub? Und die vier, die auf ihren Lederjacken sitzen und Skatkarten auf die Steine knallen? Völlig ungebunden scheinen auch die jungen Paare, die, kaum unterscheidbar mit ihren üppiglockigen oder zerfederten Haaren, miteinander schmusen, manchmal aufspringen, sich jagen, ihre Zärtlichkeiten in raue Jungehundespiele verwandeln. Sorglos, mit bizarrem Make-up, ihre Unangepasstheit durch Konformität verratend. Besonders ein Mädchen fasziniert Ille. Das hellblonde Haar ist mit einigen dunkleren Strähnen nach hinten gekämmt, die Augen, in dunkelsten Höhlen, schauen kühl, aufmerksam. Die Haut ist auffallend blass. Abwartend hochmütig der Mund, grellrot, wenn sie beim Lachen die sehr kleinen Zähne zeigt, sieht sie unschuldig aus. Doch meist zieht sie die starken dunklen Brauen hochmütig zusammen, hält Hof, nimmt keine Zärtlichkeiten entgegen. Zu ihrem Netzhemdchen, unter dem man die kleinen spitzen Brüste sieht, trägt sie einen rosa Tüllrock, so einen hatte früher mal eine Puppe von Ille, kurz, drei oder vier Stufen übereinander. Socken, Ballerinenschuhe. Ille muss das Mädchen dauernd anschauen. Jetzt zieht sie sich aus wie die anderen, mit ruhigen Bewegungen faltet sie die Jeansjacke unter ihrem Kopf, Netzhemd und Tüllrock landen irgendwo. Wie ein langer schmaler Bogen ist ihr Körper, hellgolden in der Sonne. Auch die anderen Mädchen sind schön, schmal, mit hohen festen Brüsten. Besonders die Kleine mit den dunklen Locken hat einen Venusbusen und, Herrgott, sie weiß es.

In Ille wird es still. Sie hört neben sich Carla: Ich hab nicht gewusst, dass das Ufer eines Flusses so viel Freiheit suggerieren kann. Es ist, als lebten die Menschen hier anders als bei uns, als hätten sie keinen Alltag, als gäbe es keine Gesetze, keine Pflichten, keine Arbeit, keine Hetze.

Carla sieht Ille herausfordernd an: Es sind Auserwählte, wie wir, bloß, die wissen's nicht, denen ist es immer so gut gegangen, die haben nicht den Kontrast wie wir, den dunklen Hintergrund.

Beide sehen, dass die Jungen sie erstaunt mustern, einer sagt, kuck mal, die ollen Rocker. Aber in ihren Mienen und Stimmen ist keine Schärfe, keine Gehässigkeit, wie Carla und Ille sie oft bei Älteren hören. Die Jungen sind eher desinteressiert, es ist ihnen wurscht, zwei olle Weiber, scheintot, nunja, sollen sie.

Tut weh, manchmal. Nicht mehr dazugehören, nicht zählen, uninteressant.

Als Ille ihre Hand aufstützt, neben sich in die Kiesel, legt zufällig die Blonde auch ihre Hand hin, eine schmale, goldene Hand mit abgekauten Nägeln. Ille sieht ihre eigene Hand, noch schmaler, lange Nägel, weiße schöne Monde. Aber die Adern sind dunkel und erhaben wie Kordeln, die Haut von unzähligen Fältchen zerknittert. Wie oft hatte Ille gehört, dass sie besonders schöne Hände habe. Einmal, auf einer Reise, hatte ein Taxifahrer zu ihr gesagt, er habe noch niemals so schöne Hände wie ihre gesehen. Schöne Hände, alte Hände. Ille nimmt sie rasch weg von der jungen, sorglos angeknabberten Mädchenhand. Als sie Carla ansieht, die sich gerade eine Zigarette anzündet, auch einem der Jungen eine gibt, als der darum bittet, bemerkt sie im hellen Licht zum ersten Mal die Kerben um Carlas Mund.

Carla hat die Jacke ausgezogen, die Stiefel, den Helm, sie legt alles auf die Steine und sich selber drauf. Zufrieden schaut sie in den Himmel. Erklärt Ille, dass es sie keineswegs störe, wenn junge Leute in Cliquen leben, unter sich bleiben wollen. Warum will man eigentlich immer zu irgendjemandem dazugehören? Ist doch alles

Illusion. Niemand gehört zu jemandem. Ich jedenfalls, ich gehöre nicht zu meinen Kindern, ich habe auch nicht zu Rudolf gehört und du wahrscheinlich nicht zu Otto oder zu Ele. Oder zu mir. Jeder gehört nur zu sich selber. Du gehörst nur zu dir selber. Zusammengehörigkeit. Selbstbetrug.

Nur dazu da, sich einzuengen. Und wenn man es dann noch Liebe nennt, umso schlimmer. Und Carla erzählt Ille, dass ihr Vater ihr das am besten vorgeführt habe, das mit der verlogenen Liebe, mit der Zusammengehörigkeit aus Kalkül: Durch die Familie meiner Mutter, Schweizer Bankiers, hat er seinen Posten bei der Zigarettenfabrik Gregory bekommen, damals in Berlin. Mutter war noch nicht ganz kalt, da kam schon Ilse, meine Stiefmutter. Sie war Juristin, eine Nazisse, wie du sie dir nicht linientreuer vorstellen kannst. Wir alle haben ihre Beziehungen nach Strich und Faden ausgenutzt, wurden vom Kriegsdienst befreit, bekamen Sonderrationen. Hinter ihrer Position in der Partei konnte mein Vater gefahrlos taktieren, blieb immer schön oben, ohne selber in die Partei einzutreten, und durfte die Arisierung der Zigarettenfabrik durchführen. Nachher, als Ilse mit falschen Papieren eben noch abhauen konnte, sich verstecken musste vor den Alliierten, hat er sich scheiden lassen, hat sie sitzen lassen. Und ich? Wo sollte ich hin in dem Chaos? Meine Schwestern waren bei ihren Männern, Berlin war Krieg nach dem Krieg, Wahnsinn, mein Vater wollte weg, mit seiner Sekretärin, die war dreißig Jahre jünger als er. Ich war ihm lästig. Da ließ er mich mit einem Brustbeutel voll Geld allein in Berlin zurück. Zwanzig war ich gerade, höhere Tochter, immer in Watte gepackt und völlig unerfahren. Da hab ich kapiert, dass mein Vater immer dann großzügig und hilfsbereit war, wenn es sich mit Geld oder in Zigarettenwährung regeln ließ. Von sich selbst hat er nie etwas hergegeben, ging immer den Weg des geringsten Widerstands. Damals, als ich in Berlin an fremde Türen klopfen musste, fragen musste, ob ich in einem Keller schlafen darf, da hab ich begriffen, dass ich nur mich selber habe. Und das hilft mir heute beim Abnabeln, beim Abnabeln von dem, was sie die Liebe nennen.

Carla schaut heiter zum Himmel, weist mit der Nase in die Luft. Dazu musst du gehören, Ille, zu dem Himmel über uns, zu den Steinen, die dir von unten den Rücken wärmen, stark, verlässlich. Zu dem Wasser, das ganz allein für dich goldsilbrig glitzert, zu der Luft, die hier zum Zerplatzen nach Frühling riecht. Zu alldem musst du dich zugehörig fühlen. Denn nur das gehört dir wirklich. Solange du darauf wartest, eins mit einem Menschen zu werden, wirst du scheitern.

Carla nimmt einen faustgroßen, silbriggemaserten Stein, streichelt ihn. Der wird immer hier liegen, der oder ein anderer.

Sie kramt jetzt in ihrer Motorradjacke, zeigt Ille ein Blatt, auf dem sie sich ein Gedicht notiert hat. Es ist von D. H. Lawrence, sagt Carla.

Die Gefühle, die ich nicht habe, habe ich nicht. Von dem Gefühl, das ich nicht habe, werde ich nicht sagen, dass ich es habe.

Die Gefühle, von denen du sagst, dass du sie hast, hast du nicht. Die Gefühle, von denen du gerne hättest, dass wir beide sie haben, hat keiner von uns.

Die Gefühle, die die Menschen haben sollten, haben sie niemals. Wenn die Menschen sagen, dass sie Gefühle haben, kannst du ziemlich sicher sein, dass sie sie nicht haben.

Wenn du also willst, dass einer von uns überhaupt etwas fühlt, tust du besser, alle Gedanken an Gefühle vollständig aufzugeben.

Hab ich doch längst – Ille lacht, es klingt ein wenig spröde.

Doch Carla muss ihre Gedanken jetzt loswerden. Weißt du, ich bin mir bewusst geworden, dass man sich verletzt, wenn man von einem Menschen abhängig ist. Damals, als ich das Baby erwartete, war ich abhängig von Arthur. Erst mal von seiner Liebe, und dann: Ich saß in seinem Zimmer, ohne Beruf, ohne Wohnung, ohne Geld in einer zerbombten Stadt. Sah keine Möglichkeit, allein mein Kind durchzubringen. Da hab ich es herausreißen lassen aus mir. Später war ich von Rudolf abhängig, von seinen Schmerzen, die unser Leben tyrannisierten. Die Kinder, ich hatte ja alles, aber ich konnte nichts festhalten, immer, wenn ich es ansah, war es schon Erinnerung. Wie die alten Fotos, die wehtun, wenn man sie anschaut. Doch irgendwann, es war im letzten Sommer, da lag ich allein auf dem Balkon, nackt, ich sonnte mich. Ich weiß heute nicht mehr, wieso eigentlich, aber ich lag da in der Sonne und spürte, wie meine Beine warm wurden, mein Bauch, meine Brust. Ich roch die Tannen im Garten, das Gras, ich fühlte mich plötzlich gesund und stark. Das war gut. Nie vorher hab ich bewusst gespürt, dass ich da bin, dass ich lebe. Und ich dachte, alles das gehört mir, immer. Seitdem bin ich eigentlich nie mehr traurig gewesen. Ich genieße es, durch belebte Straßen zu gehen, den Menschen zuzuschauen, ich genieße es, Blumen oder Holz zu riechen, Feuer züngeln zu sehen, Früchte und Gemüse und Kinder und Tiere anzuschauen. Mir gehört so viel, denke ich dann. Jedes Mal, wenn mir einfällt, dass ich lebe, freue ich mich.

Ille, die bisher auch in die Sonne geblinzelt hat, dreht sich auf den Bauch, schaut Carla kritisch an: Ich kann deine Freude nicht begreifen. Wir sind doch immer auf der Suche nach unserer Identität, ja? Wir haben uns Mythen geschaffen, um den Verlust unserer Identität auszugleichen. Du doch auch. Warum reisen wir, zwei angejahrte Damen, mit dem Motorrad durch die Lande? Weil die Einsamkeit uns sonst mattsetzt. Wir halten uns zwar einen Spiegel vor, aber wir schauen nicht rein.

Wie um sich selbst zu widerlegen, holt Ille jetzt einen Taschenspiegel aus ihrer Jacke. Sie betrachtet sich. Sieh mal, Carla, meine Lippen. Sie waren früher mal voll, du weißt es. Nun werden sie immer schmaler, immer trockner, schließlich vertrocknen sie. Bald werde ich keine Lippen mehr haben, Carla, alles wird verschwunden sein …

Carla setzt sich auf, sieht Ille zweifelnd an. Wie ernst ist Ille? Ist sie verliebt in ihren eigenen Kummer? Ein leichter Wind kommt vom Wasser herauf. Ille sieht schön aus, wie sie, die Stirn leicht gerunzelt, einen Grashalm kaut. Sie schaut immer wieder auf die jungen Leute in ihrer Nähe, deren Lachen und Kalbern oft die Musik des Transistors übertönt. Ein Refrain, endend auf New York City … Carla sieht, dass Ille wieder den kühlen Glanz der Wut in ihren Augen hat. Und Ille sagt jetzt auch bitter, dass sie manchmal junge Leute beneide. Ich beneide die da drüben, und ich weiß, es ist Blödsinn. Und doch denk ich oft, ich muss ersticken am Neid. Weil es hoffnungslos ist. Weil nichts zurückkommt. Vorbei. Sieh, wie sie nackt herumgehen, die schöne dunkle Venus, wie steil die Brust hochsteht. Die Männer haben Lust, und die Mädchen wissen das, die Blicke der Männer machen ihre Brüste noch steiler. Sie kriegen auch

Lust, warum nicht. Es kann ihnen nichts passieren. Und sie wissen, was sie wert sind.

Ille rollt sich wieder rum, schaut jetzt über die Isar. Ich hab das nie gewusst, dass ich was wert bin, dass ich schön bin. Mein Vater durfte mich nie anschauen, Mutter ist immer wie ein aufgeregter Vogel um mich herumgerauscht. Und bei Großmutter waren sie womöglich noch verklemmter. Hoffart. Niedergeschlagene Augen hatten sie alle, Mutter, Großmutter, Tanten. Wem hätte ich zeigen können, dass ich schön bin? »Schamlos«, hätten sie gerufen, mit Steinen geworfen. Ich habe mich nicht einmal getraut, gerade zu gehen vor lauter Hemmungen.

Jetzt wird Ille wieder lebhaft. Hab ich dir schon mal erzählt, wie das auf unserer Hochzeitsreise war? Acht Tage ins Allgäu, lieber Himmel. Mir war auf der Fahrt schon komisch und dann die Pension. Paradekissen auf den Bauernbetten. Jetzt geht es los mit der Ehe, hab ich gedacht. Bloß raus aus dem Zimmer, ich hab noch Hunger, hab ich zu Otto gesagt. Aber nach dem Essen gab es ja kein Pardon mehr. Ich werde es nie vergessen. Jungfrau Maria mit dem Kind über der Kommode, Töpfe im Nachtschrank, alles da. Und ich schnell ins Klo, dachte, da zieh ich mich aus. Aber Otto hatte mich beobachtet, der wollte endlich seinen Trauschein einlösen. Hiergeblieben, sagte er. Heut denk ich, ein wenig Sadismus war dabei …

Carla lächelt nachdenklich: Unsere Männer waren nicht viel besser dran als wir. Sie kannten die Liebe nur aus Soldatenwitzen.

Ille streicht sich verlegen die Haare aus der Stirn. Manchmal vergaloppiere ich mich, ich weiß, dabei sind mir die da drüben gar nicht so fremd. Schließlich sind sie nur zehn Jahre jünger als unsere eigenen Kinder. Eben, bestätigt Carla. Sie fährt fort: Ich beneide die nicht um ihre Freiheit, die sowieso nur äußerlich ist. Wenn ich an Berlin denke, an die Zeit, als ich zur Tanzstunde ging. Ich war in der vornehmen bei Sabine von Burchardt am Olivaer Platz. Aus den Schränken unserer Mütter holten wir die Abendkleider, unsere Kavaliere waren Leutnants der Luftwaffe, meiner hieß Karsten, ja, Vorname, er war aus Flensburg, er brachte mich mit der S-Bahn nach Hause, Autos gab es keine mehr. Die wilde Küsserei vor dem Haus, ich hatte immer so Angst, dass unser Hund bellt und das Haus aufweckt, weil ich nur bis um elf durfte. Ich hatte ja von nichts eine Ahnung, nur dies tolle Gefühl im Bauch beim Küssen und Streicheln. Schöner ist es nachher nie mehr geworden, das weiß ich genau, mir gehörten damals die Sterne und der Karsten, mehr wollte ich nicht …

Beide, Carla und Ille, starren jetzt schweigend in den Sommerhimmel. Ille sieht auf einem Baum zwei Tauben sitzen. Nebeneinander sitzen sie auf einem mittleren Ast, als seien sie aus Porzellan. Perlweiß, mit dick aufgeplusterter Brust, nah beieinander, aber nicht zu nah. Sie lassen sich vom Wind schaukeln, halten sie mit dem Schwanz ihr Gleichgewicht? Die linkssitzende beginnt jetzt, mit dem Schnabel ihr Gefieder zu betupfen, zu zerzausen. Sie zerstört die porzellanene, perlweiße Glätte. Halt, jetzt wäre sie vor lauter Getupfe fast abgestürzt, schaut die andere mahnend? Kurz breitet die linke die Flügel aus, sitzt wieder ruhig neben der anderen, porzellanen, perlweiß. Sind das Carla und ich? Carla, die Ruhige, und ich, die Zerzauste?

Ille streckt sich, lacht: Und wenn unser Leben erst

heute begänne, wäre es noch nicht zu spät. Wir machen was los, Carla, wir suchen uns die Anlässe unserer Freude selber.

Doch Carla ist jetzt still, abwesend. Sie beginnt hastig, sich anzuziehen, sagt, dass ihr so ein bisschen komisch sei, dass sie jetzt losfahren müssten zu Klaus-Jürgen. Ille sieht, dass Carla blass geworden ist im Gesicht, kleine Schweißperlen stehen über ihrem Mund. Als das Motorrad nach wenigen Minuten in Strasslach in den Prinz-Heinrich-Weg einbiegt, springt Carla von der Maschine, schellt wie verrückt und sackt dann an der Haustür zusammen, Sabine entgegen, die gerade die Tür öffnet.

Alle stehen um Carla herum. Die Kinder, Klaus-Jürgen. Sag doch, wo es wehtut, Mutter. Überall, stöhnt Carla, überall. Bauch, Rücken, alles.

Und das ging so schnell. Ille kann es noch gar nicht fassen. Eben noch waren sie an der Isar, die schöne, friedliche Stille und jetzt das. Was, um Gottes willen, hatte Carla nur?

Carla wird auf die Trage des Notarztwagens geschnallt, Ille steigt mit ein. Der Arzt versucht, von Carla eine genaue Beschreibung ihrer Schmerzen zu bekommen, doch Carla kann nur noch stöhnen, schreien, sich winden, fluchen, sie möchte die Wände hoch, denkt, sie muss sterben.

Der Arzt denkt an eine Nierenkolik. Wir fahren nach Nymphenburg, zu den Barmherzigen Brüdern, sagt er zum Fahrer. Die haben da gute Urologen, sagt der Arzt zu Ille.

Endlich. Carla hat geschworen, dass sie nackt von der Bahre springen, auf die Straße rennen und allen Leuten berichten will, dass die Ärzte im Krankenhaus der Barmherzigen Brüder Schinder sind, die Schmerzleidende ohne Hilfe auf der Bahre verrecken lassen, bis sie ihre verdammten Röntgenaufnahmen gemacht haben. Die Aufnahmen zeigen, dass Carla einen Nierenstein hat, linsengroß, der sitzt im Harnleiter und verursacht die wahnsinnigen Schmerzen.

Die Todesangst. Carla hatte schon häufig Gallen- und Magenbeschwerden, noch nie Schwierigkeiten mit den Nieren. Deshalb konnte sie den Ärzten auch keinen Hinweis geben. Erst nach der krampflösenden Spritze kann sie überhaupt wieder klar denken. Du, Ille, ich glaub, ich werde sterben. Zur Strafe. Ille, eingeschüchtert durch die Schmerzensodyssee, ist unsicher: Warum solltest du sterben, und wer sollte dich strafen wollen? Carla: Na, der da oben. Gott. Wo ich doch ausgetreten bin …

Ille: Wenn es ihn gibt, dann gehst du ihm bestimmt auf die Nerven.

Die Spritze hat gewirkt, Carla ist schmerzfrei und müde, mutig sagt sie, dass sie den Nierenstein auch noch hinter sich bringe.

Jetzt kommt Klaus-Jürgen, will nach seiner Mutter schauen und Ille abholen, die in ihrer Motorradkluft ebenso wie Carla angestarrt wird.

Es ist Nacht. Carla liegt in einem Zweibettzimmer mit einer Kanüle im Arm, dahinein läuft ein Tropf, der die Nieren spült, den Stein rausschwemmen soll. Carlas Bettnachbarin erzählt, dass ihr Magen keinerlei Schleimhaut mehr habe. Und dass sie die Frau Gustava Gruber sei, genannt Gussi, Besitzerin des Münchner Nachtclubs Crazy.

Frau Gruber kann auch nicht schlafen, wie Carla. Sie erzählt, dass ihre Mutter und ihre Tante Amalie auch Nierensteine gehabt haben. Die san in unserm oidn

Haus die Treppn nauf und nunter g'sprungen, manchmal a ganze Nacht lang. Und de Stoana san nausgfalln, i woaß es no gwieß. All des neumodische Glump, des Spüln do, des hilft do nixn.

Carla will es gern glauben. Was meinen Sie? Soll ich aufstehen und mir eine Treppe suchen?

Gussi Gruber ist dafür. I wenn Sie war, i dat's versuchn.

Gemeinsam fummeln die beiden den Tropf runter, der ohnehin leer ist.

Jesus, sagt Carla, ich hab ja nur mein Lederzeug, ich hab ja nicht mal einen Morgenrock.

Gussi Gruber überlegt: Der meine geht net, der ist Eana z'lang, i bin ja einsachtundachtzig, was moanan S', wos ma da mitmacht, aber mei Pelzjackn, die müsst passn. Da ham S' wenigstens was Warms.

Es zeigt sich, dass Gussi Gruber eine Nerzjacke besitzt, die Carla den Mantel ersetzt. Die Motorradstiefel schauen unten raus.

Grad guat schaun S' aus, lobt Gussi Gruber, und Carla geht leise raus auf den Flur. Niemand zu sehen. Der Flur spiegelt sich im Licht der Neonröhre. Carla geht durch leere Gänge. Begegnet hier und da mal einem Patienten, der auf die Toilette geht. Und bald kommt sie zu einer geschwungenen Treppe, deren schwarze Marmorstufen in ein höheres Stockwerk führen. Und jetzt beginnt Carla, die Stufen zu erklimmen, um sie wieder und wieder hinabhüpfen zu können. Das geht eine Weile gut, bis plötzlich eine Nachtschwester erscheint, gerade will Carla wieder von oben runterhüpfen, als die Schwester hysterisch ruft: Was machen Sie denn da bei den Barmherzigen Brüdern? Kommen Sie sofort da runter!

Carla ist konsterniert. Von was für Brüdern redet denn die?

Die Schwester scheint moralisch entrüstet und lässt sich auch nicht beschwichtigen. Sind Sie des Teufels? Was haben Sie da oben bei den Ordensmännern zu suchen?

Carla kann es nicht fassen: Aber ich springe doch nur die Treppen hinunter …

Die Schwester glaubt's nicht, im Gegenteil: Was tun Sie? Sie wollen mich wohl für dumm verkaufen, kommen Sie sofort mit zum diensttuenden Arzt!

Sie zerrt die verständnislose Carla in ein Stationszimmer, wo ein junger, verschlafener Arzt müde durch seine Brille blinzelt. Die Schwester, ganz empörte Tugend: Diese Frau habe ich oben auf dem Stockwerk der Barmherzigen Brüder erwischt!

Der Arzt schaut Carla ungläubig an. Was haben Sie da oben zu suchen?

Carla macht jetzt ergeben ihre Pelzjacke auf und zeigt ihr Krankenhaushemd. Ich bin Patientin, ich habe einen Nierenstein, deshalb springe ich die Treppen runter …

Moment mal. Der Arzt betrachtet Carla von allen Seiten. Wer hat denn das verordnet? In welchem Zimmer liegen Sie denn überhaupt?

Leider weiß Carla das nicht. In der Eile hat sie ihre Zimmernummer nicht gelesen, und überhaupt weiß sie nicht, wie ihre Ärzte heißen und alles. Außerdem ist sie krank und hat Anspruch auf Mitgefühl.

Der Arzt seufzt schließlich, wie wenn man es mit einem Geisteskranken zu tun hat. Na, dann kommen Sie mal, suchen wir mal Ihre Station!

Und er geht mit Carla, führt sie auf die Innere Station, wo Carla schließlich ihr Zimmer und Frau Gruber wiederfindet. Der Arzt schimpft die zuständige Nachtschwester zusammen. Die wiederum macht Carla einen Aufstand, wird aber von dem Team Gruber/Valbert niedergemacht.

Plötzlich muss Carla ganz dringend auf die Toilette. Im Becken unter ihr macht es ganz fein »klirr«, Carla kann es gar nicht fassen, der Stein ist gerutscht, er ist draußen. Überglücklich umarmt Carla Frau Gruber.

Die Ärzte am andern Morgen wollen von Carlas Selbstheilung nichts wissen. Mürrisch weisen sie auf die Krankenhausordnung hin, und dass der Stein selbstverständlich durch die Nierenspülung abgegangen sei.

Carla ist alles egal. Überglücklich, von ihren Schmerzen befreit, beschließt sie auf den Rat von Frau Gruber, nicht mehr so häufig ihren geliebten Cassis zu trinken, sondern mehr Bier, rechtes Münchner Bier. Des spült die Niern, da kriegn S' so leicht keinen Nierenstein nicht.

Schon am nächsten Morgen holt Klaus-Jürgen seine Mutter ab. Die Ärzte scheinen froh, dass die Selbstheilerin auszieht. Gussi Gruber ist traurig. A so a nette Preißin hab i no nia kennenglernt. Sie bittet sich aus, dass Carla und Ille sie besuchen. Hier oder dahoam. Eine preußisch-bayerische Freundschaft nimmt ihren Anfang.

13

In Strasslach ist der Abendbrottisch gedeckt. Aus dem Esszimmer schaut man in einen hübschen Innenhof, der vom Wohnzimmer und von einer Kaminecke im Freien markiert wird. Ein schönes Haus. Fünfzehnhundert Mark Miete. Sie sitzen mit den Kindern Daniel und David am Tisch. Sabine hat Mussaka gemacht, eine griechische Spezialität aus Auberginen und Hackfleisch. Vorher gibt es gefüllte Avocados, später Eis mit Himbeermark. Carla und Ille loben das Essen wiederholt. David kaut ernst. Wenn das Zeug bloß nicht so teuer wär. Alle lachen, besonders Carla und Ille schauen erheitert die beiden Buben an. Die lachen nicht. Der Jüngere erklärt es. Neunundachtzigmarkfünfzig hat die Mami für alles bezahlt, allein die Himbeeren kosten zwölf Mark. Das Kind erzählt es mit leisem Bedauern, gibt es den Besuchern zu bedenken. Die loben den kleinen Kerl, dass er so mitdenkt bei den Finanzproblemen der Großen. Bis Carla spürt, dass Sabine nervös ist, ihr Mädchengesicht zuckt, am Hals sind rote Flecke. Da fragt Klaus-Jürgen: Wo habt ihr denn eingekauft?

Daniel ist still, auch David hört auf zu essen. Sie schauen auf ihre Teller. Sabine zögert: Im Käfer-Markt, zur Feier des Tages, ich dachte, wenn wir ausgehen würden, – Klaus-Jürgen wirft seine Serviette auf den Teller. Im Käfer-Markt! In München das teuerste Geschäft, Mutter. Als gäbe es bei den anderen Märkten nicht genauso gute Sachen. Um die Hälfte billiger. Aber das passt ihr nicht, Sabine muss zum Käfer, wir haben es ja auch so dicke, ich, der ich allein hier alles löhnen muss.

Niemand hat noch Appetit. Carla und Ille kriegen Fernweh. Sabine und die Kinder sitzen, wie von sich selber verraten, stumm. Plötzlich nimmt Sabine ihren Teller, hebt ihn hoch über den Kopf von Hans-Jürgen, sie will ihn runterknallen auf ihn. Sie schreit, während er blitzschnell in Deckung geht: Erstick doch dran, erstick doch an deinem Geld, ich kann es nicht mehr hören!

Sabine fegt alles, was auf dem Tisch steht, runter, wirft Schüsseln, Gläser, Besteck, alles auf den Steinfußboden. Carla und Ille kriegen Lust mitzumachen, die Kinder haben große Augen.

Mami, Mami.

Klaus-Jürgen will Sabine beruhigen, doch die ist nicht mehr zu bremsen, räumt Bücher, Nippes, Vasen, alles raus, runter, sie schreit: Zehn Jahre, zehn Jahre höre ich mir das an, wo hast du das gekauft, das hättest du da und dort billiger bekommen, das wäre nicht nötig gewesen.

Carla ergreift Partei, geht zu Sabine, nimmt sie in die Arme. Sabine legt erschöpft den Kopf an Carlas Schulter. Mutter, glaub mir, immer wenn ich gesagt hab, ich halt das nicht mehr aus hier, dann hat er vom Geld geredet. Entschuldige, dass es grad heut ... ich hatte mich so gefreut auf euch, auf dich und Ille ...

Carla küsst sie. Herrgott, Kind, entschuldige dich nicht.

Blass, vorwurfsvoll steht Klaus-Jürgen unter der Tür. Sabine, wie konntest du die Kinder so erschrecken.

Carla rät ihm, vielleicht mal über sich selbst nachzudenken. Klaus-Jürgen ist froh über den Blitzableiter. Du hältst dich da raus, Mutter.

Sabine atmet tief durch. Mach, dass du rauskommst. Ich rede jetzt mit Mutter, nicht mit dir.

Klaus-Jürgen, der versöhnlich sein will und nun die Front sieht, mustert die beiden Frauen, ergebnislos. Macht doch, was ihr wollt, blöde Weiber.

Kurz darauf hören sie das Auto wegfahren.

Nu isser weg. Daniel stellt es fest, nicht unfroh.

Und David, die dicken Tränen noch in den Wimpern, fragt Sabine ernsthaft: Wann kriegen wir denn einen neuen Papi?

Sabine schaut sprachlos in sein schniefnasiges Bubengesicht. Carla putzt ihm die Nase: Lass mal, Dicker, das kriegen wir schon. Wir machen eine Wohngemeinschaft auf und hauen Opas Lebensversicherung auf den Kopf. Dann haben wir es alle schön.

Schließlich packen sie, spät, die Mitbringsel aus. Rollerskates. Die beiden Buben rollern glücklich zwischen den Frauen auf dem Teppich herum. Kinder, sagt Carla, jetzt brauch ich einen Cassis.

14

Haben die ein herrliches Wetter in München. Wenn man aus den regenblauen Wäldern des Oberbergischen kommt und den Münchner Himmel im föhnigsten Blau antrifft, dann glaubt man, dass die Wetterfrösche hier ständig einen Rausch haben.

Carla und Ille beladen die Maschine. Sie sind inzwischen Profis im Stauen geworden, immer wieder erstaunt, wie wenig man braucht, wenn man es einfach nicht dabeihat. Sie sind gespannt auf Arthurs Haus bei Dietramszell, in dem sie eine Zeit lang wohnen wollen. Carla hatte Arthur vom Tod Rudolfs benachrichtigt, ihn jedoch gebeten, nicht zur Beisetzung zu kommen. Daraufhin schrieb er zurück, dass er selber keine Zeit habe, nach seinem Haus zu schauen, ob Carla nicht für einige Zeit dort leben, sich erholen wolle. In dem Haus gebe es weder Telefon noch Fernsehen. Die Schlüssel lagen dem Brief bei.

Nach dem Plan, den Arthur sorgfältig beschriftet hatte, kannten sie sich bald auf der Strecke aus, begrüßten jede Kirche, das alte Wirtshaus, die schmale Allee, die zu einem großen Bauernhof führte. Von da aus sahen sie den Flecken: Fünf Höfe lagen ruhig im Morgendunst. Aus dem ersten Anwesen kam eine Frau in den Fünfzigern. Carla begriff, eigentlich zum ersten Mal, das Wort stattlich. Die schwarze Tracht mit der hellgrünen Schürze war streng zugeknöpft, der Hut auf dem dicken

Haarknoten hatte lange Bänder. Das alles stieg behände in einen Opel Kadett, idyllisch und zeitgemäß.

Carla und Ille folgten der einzigen schmalen Straße. Das musste es sein. Oberried. Und das ist auch Arthurs Hof, kein Zweifel. Dieser Steinbogen, die grüne Haustür mit den weißen Strahlen, der große steinerne Brunnentrog, das alles entsprach den Fotos, die Carla kannte. Nur intensiver war alles, größer, farbiger. Ein Bauernhaus wie die anderen vier, zuverlässig, Steine, Holz, das Dach weitläufig, bergend. Ein weiteres, kleineres Haus neben den Pferdeställen. Carla, sieh nur, da stehen ja zwei Pferde, wer versorgt die denn? Ille will gerade zu den Pferden laufen, als eine kleine, mollige Frau mit Kopftuch kommt, an der Hand eine blaue Milchkanne, unterm Arm ein Brot. Grüß Eana Gott.

Maria Drechsler ist die Frau vom Bauern gleich gegenüber. Wir versorgen dem Herrn Havel die Pferde und die anderen Viecher. Wann S' wollen, zeig ich's Eana gleich. Sie geht mit Carla und Ille zu den Ställen, wo die beiden Haflinger, Emil und Willy, gefüttert werden wollen. Und da kommen sie von der Wiese, Rogner und Bernhard, zwei Ganter, die mit aufgeregtem Zischen Carla und Ille zeigen, dass sie hier nichts zu suchen haben. Die Entendame Isolde, die beschwichtigend zwischen den beiden herwackelt, hat vor ein paar Tagen Tristan, ihren Mann, verloren! Noch eine Witwe, sagt Carla.

Abends, sagt Maria Drechsler, so um acht, aber nicht viel früher und nicht viel später, da müssen Rogner und Bernhard in ihr Häusel und die Isolde auch. Die müssen S' da fei neitreiben.

Machen wir doch, klar, sagen Carla und Ille und verstehen erst viel später, warum Maria Drechsler so zweifelnd schaut. Wenn S' was brauchn, bei uns is immer jemand daheim. Telefonieren können S' auch, und jeden Morgen gibt es frische Milch und Eier. Carla bedankt sich für das duftende Brot, und Maria Drechsler sagt, dass sie selber backen könnten, wenn sie möchten. Drinnen, sie deutet aufs Haus, drinnen gibt's eine Körnermühle und bei mir können S' an Laab hol'n.

Ille bricht sich ein Stück vom Brot, das nach Kümmel und Koriander schmeckt. Herrlich. Wenn wir hier noch das Backen anfangen, wachsen mir die Augen zu.

Carla schließt jetzt das Haus auf, Ille geht hinter ihr in die Diele. Für einen Moment stehen sie auf dem grobplattigen Steinboden und atmen tief. Hier riecht's nach Honig. Überall. Sie schauen auf eine geschnitzte Balustrade, von der es in ein durchsonntes, holzverkleidetes Badezimmer geht. Auch hier der Honigduft, die Wärme von Sonne und Blumen. Hinter dem Bad liegt die Küche. Borde mit großen irdenen Schüsseln an der Wand, auch hier alles Holz, unten an der Wand läuft die Bank bis zum dunkelgrünen Kachelofen, ein derber Tisch. Doch auch ein Elektroherd ist da, eine Spülmaschine. Ille entdeckt alles mit einiger Erleichterung. Sie ist nur dann für Idylle, wenn ihr daraus keine Arbeit erwächst.

Carla geht nachdenklich durch das Haus. Ille, die von ihren Großeltern ein altes oberbergisches Haus geerbt und die alten Möbel erhalten hat, fühlt sich sofort daheim. Auch im Wohnraum der große Kachelofen erinnert sie an daheim, der Steinfußboden, die kleinen Fenster. Eine geschnitzte Balustrade auch hier, die Treppe führt zur Galerie, nur ein Klavier steht dort, ein paar niedrige Regale mit Büchern. Ille setzt sich ans Klavier, spielt ein paar Takte. Beethoven, ›Für Elise‹. Carla hat eine Schaukel entdeckt, die neben dem Klavier von der

Decke herunterhängt. Sie schwingt ein bisschen, für einen Moment wieder Kind im Voilekleidchen auf der Schaukel im Pankower Garten. Da war Carla zu Hause gewesen. Der vorgebaute Wintergarten, der immer leicht dämmerige Eingang unter dem efeubewachsenen Vordach. Die ruhige Kühle der Diele, die Carla immer auffing, wenn sie gejagt von fremden Kindern oder vom Hund oder mit sonst dringenden Sorgen zur Mutter stürzte. Hatte Carla später irgendwo ein Zuhause gefunden? In Arthurs Bude, in der alten Berghäuser Apotheke? Könnte Carla jemals hier daheim sein, in dieser zweifellos beeindruckenden Harmonie zwischen Holz, Stein, Wachs und Keramik, Wolle und Leinen?

Arthurs Haus. Ich hoffe, du wirst dort daheim sein, hatte er geschrieben.

Warum konnte Carla Arthur nicht loslösen von der Vergangenheit? Ich habe hundert Mal bereut, schrieb Arthur, ich hätte wissen müssen, dass ich verkrüppelt bin ohne dich, dass ich mich selber tödlich verletzte, als ich nur dich wollte, nicht das Kind. Lange hatte Carla Schutzwälle gegen sich selbst aufgebaut, Hass gegen Arthur Stein für Stein zusammengetragen. Was er auch anführte zu seiner Rechtfertigung, sie wollte nichts hören. Nur sich selber begreifen, ihre Feigheit, sie selber hatte ihr Kind verraten, nicht Arthur. Hatte er es in seinem Bauch? Sie, Carla, hatte zugelassen, dass sie es herauskratzten aus ihr. Vor ihrem anderen Ich, das ihr Mut machen wollte und ständig flüsterte, du schaffst das schon, hast doch ganz andere Probleme gelöst, vor diesem Ich war sie ins Fieber geflohen, sie konnte sich nicht ins Gesicht sehen. Sie selber, sie, Carla, ganz allein, hatte die Verantwortung. Nicht Arthur.

Weshalb quälte sie Arthur? Seit langem wusste Carla,

dass es Arthur wehtat, jedes Mal, wenn sie sich trafen. Und dass er trotzdem kam, wann immer er es einrichten konnte. Rudolf selbst war es, der ihn ermutigte, so oft zu kommen. Hatte Rudolf sich selber immer wieder vorführen müssen, wie ablehnend Carla war, wie sie es vermied, Arthur auch nur anzusehen. Hatte Rudolf nicht bemerkt, dass Carla niemals so unruhig war wie in den Tagen, wenn Arthur zu Besuch kam?

Und jetzt war sie hier, in seinem Haus. Ille ist schon leise aufgestanden, hat aus dem Garten einen Strauß samtroter Pfingstrosen geholt, jetzt kommt sie zurück, begleitet von Tino, dem jungen Dalmatiner der Drechslers, der offensichtlich froh ist über den Besuch. Ille geht im Haus herum, meldet, dass die Schlafräume so schön sind wie im Film; man merkt, dass der Arthur Kameramann ist. Auch Carla bewundert die karge Schönheit der Alkoven, über Sprossenleitern erreichbare Polsterlandschaften. Viel zu schade für zwei einschichtige Weibsen, findet Ille.

Sie hat festgestellt, dass das Haus mit Solarenergie beheizt wird, und will jetzt sofort duschen. Endlich mal ökonomisch vertretbare Energie, also, der Arthur, Hut ab! Zufrieden ruft es Ille aus der Dusche.

In bequemen Röcken, verkehrswidrig ohne Sturzhelm, fahren Carla und Ille noch mal zurück über die weite Ebene, herunter in die Allee, wo an der ersten Biegung zum Dorf das Wirtshaus steht. Es ist herrlich, so ohne Helm ganz langsam durch die Landschaft zu fahren, die hier so sanft ist. Die Luft zaust ihre Haare. Hoffentlich spinnt nicht morgen mein Trigeminusnerv. Carla hat gelernt, ihrer Physis zu misstrauen, die seit ein paar Jahren Kapriolen mit Gebresten zu strafen pflegt. Der Wirt im Gasthaus ist wortkarg, als sie bei ihm Getränke einkaufen. Sein Gesicht hellt sich auf, als er beim Einladen das Gespann sieht. Mit so wos dat i fei auch gern foarn.

Carla und Ille möchten am liebsten jeden Baum am Weg umarmen. Als sie zurückkommen zum Hof, machen die Ganter kreischend lange Hälse. Ille erklärt ihnen, dass im ganzen Haus kein Tropfen Alkohol gewesen sei. Doch mit denen ist nicht zu reden, auch nicht als Ille, wie Otto in Oberbergisch Platt verfallend, sie anbrüllt: Schwigg de Mule!

Die erste Flasche vom Besten liefern sie gleich auf dem Hof der Drechslers ab. Es ist gerade Mittag, der Bauer ist da, die Kinder kurven ums Motorrad. Sogar Hühner haben die Drechslers, die stieben hysterisch gackernd davon, als der Drechsler seine Buben in der Maschine herumfährt. Wie der Teufel kann er das, er war im Krieg Kradmelder. Carla und Ille müssen zum Essen dableiben. Es gibt Mehlhaberer mit Sauerkraut, für die beiden eine ungewohnte Mischung, die köstlich schmeckt. Ille beschließt wieder mal für morgen einen Fasttag. Beim Weinkauf unten im Wirtshaus haben sie schon probiert, jetzt macht der Drechsler noch das Gastgeschenk auf. Ich muss doch schaun, ob der Metzgerwirt Sie gut beraten hat. Hat er aber, Prosit.

Wenig später schieben die Drechsler-Buben die Maschine wieder über die Straße. Ille und Carla gehen ohne allzu viel Bodenberührung hinüber ins Haus. Vergessen S' mir fei die Ganter net, gell? Ruft Frau Drechsler besorgt.

Gegen acht Uhr kommen Carla und Ille von einem langen Spaziergang zurück. Nur wenige Schritte hinter dem Haus geht es über Weiden in den Wald. Moosige

Wege, die weit wegführen von allem. Glocken aus dem Tal, keine Antwort auf Fragen, aber Ruhe, Duft.

Wie Frau Drechsler es ihnen geraten hat, nehmen Carla und Ille sich jede einen Stecken, gehen hinter den Pferdeställen die Wiese hinunter, wo am Weg die Ganter im Rasen zupfen. Als Rogner und Bernhard die beiden Frauen sehen, kriegen sie sofort lange Hälse vor Wut. Sie kreischen keuchend, ersticken aber leider nicht.

Ille hält sich hinter Carla, die beiden Tiere in ihrer unvernünftigen Wut machen ihr wieder Angst. Carla, zum Mut gezwungen, beschwört sich selber: Was Frau Drechsler und der Arthur können, das können wir auch. Ille will nicht zugeben, dass sie davon gar nicht so ohne weiteres überzeugt ist, sie hat gehört, dass wütende Ganter beißen.

Carla treibt jetzt energisch die beiden zeternden Vögel aufs Haus zu. Und siehe, sie laufen tatsächlich los. Auch Ille wird sicherer, treibt sie wieder zusammen, wenn sie ausweichen wollen auf den Weg. Bis vor die Gänse-Villa lassen sich die beiden denn auch bitten. Aber nun müssen sie noch da rein. Dazu machen sie aber nicht einen Schritt, recken wieder geifernd die Hälse.

Ille kann das sogar verstehen. In dies kleine Haus sollen die beiden mächtigen Vögel, das ist ja nicht viel größer als eine Hundehütte.

Doch Carla kann solche kleinlichen Bedenken nicht teilen. Wenn Frau Drechsler es sagt, wird das schon stimmen. Hier, in das größere, müssen Rogner und Bernhard rein, in das kleinere die Isolde. Also mach schon, du musst mir helfen.

Also gut. Gar nicht gut. Die beiden wollen ums Verrecken nicht in ihr Haus. Das ist ein Gekreisch, ein Gestiebe von Gantern hier und Weibern da, zwischendurch wackelt die Isolde einem noch vor die Füße, es ist idiotisch. Keiner weiß, wer mehr Angst hat, Rogner und Bernhard oder Carla und Ille.

Heureka, es ist Carla gelungen, den Rogner ins Häusel zu bugsieren (oder ist es der Bernhard? Egal). Mit dem Aufschrei: Heiliger Konrad Lorenz, hilf!, drückt Ille den zweiten Vogel rein, schlägt die Tür zu. Geschafft.

Nun aber noch Isolde. Komm, du liebe, vernünftige Entenwitwe, du wirst jetzt schön sittsam heimgehen. Klein und harmlos watschelt Isolde herum, vor ihrem Häuschen aber macht sie Links- oder Rechtsschlenkerer, entschlüpft durch ein Loch in der Hecke. Das darf doch nicht wahr sein, beschließt Ille am Ende ihrer Geduld. Sie fühlt sich verarscht von Isolde, denkt an Otto: Du dummen Düppen, met mie kannste dat nich maken! Entschlossen wirft sie sich über das grüngrauweiße Stück Hinterlist, erdrückt Isolde schier, schiebt sie aber ab ins Haus.

Jetzt weiß ich auch, sagt Carla nachdenklich, warum Frau Drechsler uns zigmal an die Ganter erinnert hat. Ille klopft sich den Staub aus dem Rock. Chottsverdorig, so 'n Schinnoaß!

An der Hauswand ist es noch warm. Carla stellt das Brot auf den grauverwitterten Tisch, dazu Schinken, den Wein. Wie angenehm, sagt Carla, dass ich wegen meiner Nierensteine jetzt zum Trinken verpflichtet bin. Ille will nicht widersprechen. Beide sitzen auf der niedrigen Bank. Ille schaut die Sonnenblumen an, die Ringel- und Glockenblumen. Kann es etwas Anmutigeres geben als einen Bauerngarten? Die Luft ist weich, es riecht nach Jauche, wenn der Wind danach steht.

Das Haus wird ihnen von Tag zu Tag mehr vertraut. Ille will sich mit der Sense mühen, die Wiese zu mähen.

Vorher hatte sie Sauerampfer gepflückt, Suppe daraus gekocht, mit saurer Sahne. Das erste selbst gebackene Brot ist noch etwas bröselig. Frau Drechsler zeigt ihnen, wie sie gestöckelte Milch machen können und Käse.

Ille spielt immer öfter Klavier. Die ›Kinderszenen‹ von Schumann, Carla kennt sie alle aus ihren eigenen Klavierstunden. ›Träumerei‹, ›Der Dichter spricht‹, ›Von fremden Ländern und Menschen‹ ... Carla liebt die G-Dur-Sonate von Beethoven, die d-Moll-Phantasie von Mozart. Frau Drechsler kommt rüber, hört zu.

In der Nacht zum Sonntag schrickt Ille plötzlich aus dem Schlaf, sie hört Geräusche an der Haustür, ja, zweifellos, da macht sich jemand an der Haustür zu schaffen. Einbrecher? Ille will aus dem Fenster rüberrufen zu Drechslers. Sie merkt, dass sie Herzklopfen hat, weckt Carla. Als die sich mühsam aus dem Schlaf hochrappelt, ist Illes Angst schon verflogen. Sie reißt das Fenster auf, ruft runter: Was ist los, was soll der Lärm?

Carla, Ille, ihr habt den Schlüssel innen aufgesteckt, glaub ich. Dauernd versuche ich aufzuschließen, es geht aber nicht.

Ille ist erleichtert. Carla, der Arthur isses. Noch im Hemd rennt Ille runter, Arthur die Tür aufzuschließen. Carla zieht sich, noch nicht begreifend, einen Rock über, geht ins Bad, wo sie auch eine Weile bleibt.

Auf der Treppe hört sie Arthurs Stimme. Ich war in Salzburg, wir haben viel früher abgedreht, als wir gedacht hatten, und da hab ich mir überlegt, hör mal bei Drechslers, wie es dem Haus geht, ja, und dann bin ich gleich losgefahren. Ich hab die Drechslers zum Mundhalten verpflichtet, ich wollte euch überraschen.

Er sieht immer noch gut aus, denkt Ille. Arthurs volles, dunkelsilbriges Haar, seitengescheitelt, hilft ihm, alterslos zu erscheinen. Er trägt schilffarbene Leinenhosen, wie Jeans geschnitten, ein Seidenpolohemd in der gleichen Farbe, etwas dunkler ist die weiche Lederjacke. Er ist älter als wir, denkt Ille, er muss bald sechzig sein. Seine geschiedene Frau war nicht mal dreißig, Ille hatte sie gesehen, bei einem Besuch Arthurs in Berghausen. Ihre herausfordernde Lässigkeit Arthur gegenüber zeigte schon die Enttäuschung der beiden voneinander. Seltsamerweise hatte sich ihr aggressiver Ton nur gegen Arthur gerichtet, Carla gegenüber war sie aufmerksam, schwesterlich gewesen. Sie hätte auch äußerlich Carlas Schwester sein können, wenn es das gäbe: eine dreißig Jahre jüngere Schwester.

Arthur raucht, schaut immer wieder nervös zur Tür. Er trinkt nur Mineralwasser. Seine Leber. Endlich kommt Carla und mit ihr die Spannung. Das halte ich nicht aus, denkt Ille und gähnt hinter der Hand. Ich hab heute, glaub ich, etwas zu viel getrunken. Vor lauter Glück beim Klavierspielen. Ich geh wieder schlafen.

Nur das Knacken des Holzes im Kamin ist hin und wieder zu hören, draußen bellt ein Hund, hoch und vergeblich. Carla kann nur hoffen, dass sie im Schein der Kerzen, die Ille angezündet hat, einigermaßen gut aussieht. Hätte sie doch ihre Haare gewaschen, wie sie das vorhatte, aus Faulheit aber dann doch nicht tat.

Ich muss was trinken, denkt Carla, ich muss ein ordentliches Glas Wein haben, sonst fällt mir nichts ein. Sie will aufstehen, doch Arthurs Hand hält sie fest. Bleib. So war er schon immer. Dass ich Wein möchte, darauf kommt er nicht, weil er es ja mit der Leber hat. Carla will banale Gedanken haben, nicht diese warmen, weichen Hände spüren.

Warum durfte ich nicht zu Rudolfs Beerdigung kommen, sag, warum wolltest du mich seither nicht sehen? Schau mich an, weißt du eigentlich, dass du mich seit dreißig Jahren nicht mehr angesehen hast? Arthur nimmt Carlas Kopf, zwingt sie, ihn anzuschauen.

Carla findet das idiotisch. Da hält er meinen Kopf, und ich kann schließlich nicht aus dem Fenster raussehen wie eine Kuh, die abgestochen wird. Ich hab aber keine Lust, ihm in die Augen zu sehen. Er soll den Krampf lassen.

Dass Ille aber auch ins Bett geht, mich hier allein lässt. Carla kann das Gestrüpp in ihrem Hirn nicht ordnen. Jahrelang hatte sie Arthur in ihren Gedanken gehabt, ihre lautlosen Gespräche mit ihm könnten Bücher füllen. Und nun?

Sie sah seine hellen Augen. Früher hatte er das Haar mit Pomade straff aus der Stirn gekämmt. So, wie er es heute trug, war es eigentlich viel voller, natürlicher. Arthur war auch nicht dicker geworden, aber sie fand ihren Prinzen, ihren Einzigen, Wunderbaren nicht wieder in ihm. Wie auch? Was war von ihr, Carla, geblieben? Wo war das Strahlen, das auf allen frühen Fotos ihr Gesicht heraushob von den anderen. Ihre Mund- und Kinnpartie, früher vollkommen zugehörig zum Gesicht, hatte sich jetzt auf eine bittere Art selbstständig gemacht. Diesen Zug um den Mund, hatte ihre Schwester Lilo gesagt, als sie sich 1960, vor dem Mauerbau, getroffen hatten, diesen Zug um den Mund, den hattest du früher nicht, Carla. Nein, hatte ich auch nicht, denkt Carla bitter, diesen Zug hatte ich nicht um den Mund und nicht die Apfelsinenhaut am Bauch und nicht den kleinen, fast schon nicht mehr vorhandenen Busen und nicht die Falten am Hals und um die

Augen und und und. – Übrigens brauche ich jetzt einen Wein.

Das Letztere sagt sie sehr laut, und Arthur lässt sie los. Immerhin mischt er sich sein Wasser auch ein wenig mit Wein, was in Carlas Augen zwar Sünde ist, aber darum geht es jetzt nicht. Nach zwei kräftigen Schlucken fühlt sich Carla besser. Ich lass mich jetzt volllaufen, einfach volllaufen, denkt sie trüb.

Herrgott, Carla, sei doch nicht so stur. Arthur nimmt sie bei den Schultern, schüttelt sie. Du treibst doch ein Spiel mit mir, Carla, ich will, dass du mir jetzt sagst, was los ist.

Arthur zieht seinen Stuhl nah zu Carla, nimmt wieder ihre Hände. Carla. Ich hab uns nie vergessen, Carla, dich und mich. Und du weißt das, hast das all die Jahre gewusst. Ich bin immer wiedergekommen, du weißt, wie oft. Obwohl du mich fast verrückt gemacht hast mit deinem Sphinxgesicht, deinem Schweigen, deinem Turteln um Rudolf, um deine Kinder.

Es hat mich gequält, jedes Mal, aber ich hab gewusst, warum, ich hab gebüßt, wenn du so willst. Ich habe überall, in jeder Frau, dich gesucht, deine Unerfahrenheit, dein Vertrauen, das größer war als die Angst. Und je älter ich wurde, umso hoffnungsloser wurde meine Situation. Damals in München, in unserer Wohnung, weißt du noch, einmal hab ich mir die Knöpfe vom Hemd gerissen, weil ich es nicht schnell genug herunterbekam. Carla, du hast das auch nicht vergessen, ich weiß das. Solange der Rudolf da war, hab ich respektiert, dass ich keine Chance habe, aber jetzt ist er tot, Carla, was steht uns denn jetzt im Weg? Sag es, mach aus mir keinen Trottel!

Carla goss sich Wein nach. Wie stets, wenn sie sich so langsam einen Schwips antrank, vergröberten sich die

Bilder, schrumpften die Tatsachen. Sie wollte nicht darüber nachdenken, was sie beide, Arthur und Carla, aus ihrem Leben gemacht hatten. Und darüber reden wollte sie erst recht nicht. Es war doch immer dasselbe mit den Männern, große Worte, und wenn man sie brauchte, tauchten sie weg. Carla wusste, dass sie hier einen komplizierten Sachverhalt unzulässig vergröberte, aber es war ihr gleichgültig. Es war in kleiner Münze, eine von vielen Wahrnehmungen, die Carlas Erinnerung an Arthur enthielten. Was Arthur nicht wusste, und was ihn nach Carlas drittem Glas Wein ihrer Meinung nach auch nichts anging, war Folgendes. Ja, was denn?

Carla sah Arthur an. Ja, doch, er saß da und wollte eine Antwort auf seine Frage. Was hatte er denn gefragt, Himmel, ich will überhaupt nicht denken, ich bin zu müde und betrunken bin ich auch. Wir hatten heute Abend schon genug, das hab ich wohl noch nicht abgebaut …

Carla steht auf. Ich geh jetzt schlafen, Arthur, lass uns morgen weiterreden.

Arthur springt ebenfalls auf, nimmt Carla fest in die Arme. Er kann nicht wissen, wie es über meinem rechten Ohr klopft, wie mein Trigeminusnerv da wieder spukt. Müde lässt Carla ihren Kopf gegen Arthurs Brust sinken, denkt, dass Rudolf auch einsneunzig lang war.

Arthur nimmt sie bei den Schultern, küsst sie, doch Carla schiebt ihn nach sekundenlangem Zögern weg. Lass mich, Arthur, es hat keinen Sinn.

Arthur will wissen, warum. Ich will es jetzt wissen, nicht morgen. Schließlich hab ich lange genug gewartet, dreißig Jahre lang …

Carla setzt sich wieder. Eben, dreißig Jahre zu lang. Wir sind alt geworden, Arthur, ich bin jedenfalls zu alt geworden für dich. Deine Frauen sind dreißig Jahre jünger als ich. Ich will nicht, dass du erschrickst, wenn du mich nackt siehst, ich will auch nicht erschrecken. Als wir zum letzten Mal zusammen geschlafen haben, waren wir Mitte zwanzig. Wären wir zusammen alt geworden, Arthur, dann wäre nicht dieser Graben zwischen uns. Jetzt ist er da. Ich weiß, du schläfst mit jungen Frauen, das ist etwas anderes – ganz und gar deine Geschichte. Ich will nicht, dass wir voreinander zurückschrecken, Arthur. Glaub mir, Altern ist eine radikale Erfahrung, ganz besonders für eine Frau.

Arthur sitzt wie auf einem Seil, er hält die Tischkante fest, als würde er sonst stürzen. Leise schüttelt er den Kopf. Dann gießt er sich auch Wein ins Glas, trinkt es, als sei Carla dafür verantwortlich.

Carla dachte, dass sie immer Haltbares wollte. Haltbar bis zum Ende, doch das war Illusion. Nur die Stufen der Treppe dort ändern sich nicht, die Gläser behalten ihr zartes Muster. Die Liebe, die Treue, die sie einander geschworen hatten, lächerlich. Ihre Hände, die den anderen streichelten, hundert Mal, tausend Mal?, bleiben ebenfalls stumm. Es ist aus, das Spiel. Carla schaut Arthur an, zum wievielten Mal? Sie hat keine Empfindungen mehr, kann nicht zur Rechenschaft gezogen werden. Sein Gesicht – sie kann nicht mehr darin lesen. Die Uhr hat doch eben drei Mal geschlagen. Drei Uhr. Daran kann sich Carla festhalten, das muss Arthur überzeugen.

Arthur schaut ihr nach, als sie das Zimmer verlässt. Schaut, ohne sie zu sehen. Mit dem dritten Würzburger Stein dreht sich in ihm gebetsmühlenartig Carlas Bemerkung: radikale Erfahrung.

15

Carla und Ille frühstücken schon um sieben. Ille war früh erwacht, hatte aus dem Fenster in das vollkommene Grün der Kastanien geschaut. Es ging ein Wind, der überall ein bisschen rüttelte, die Vögel in den Bäumen wiegte. Ille sah die Köpfe von Willy und Emil, die am Heu zupften, gleich würde sie die Ganter rauslassen aus dem Häuschen. Morgens waren die beiden ganz manierlich, wackelten friedlich mit Isolde auf die Wiese, bis das erste Auto oder ein Fußgänger kam, den sie anpöbeln konnten.

Ille reckt sich. Sie genießt jeden Tag die Stille, die so still gar nicht ist, wenn man gelernt hat, auf die Pferde, Hunde, Hühner und Vögel zu horchen. Auf den Wind, der sanft orgelt, den Bach, der über die Steine hüpft und macht, dass man dauernd an seine Blase erinnert wird. Das alles mag Ille, in der stillen Gewissheit, dass sie hier nicht begraben wird, dass sie irgendwann weiterfahren werden. In ihr ist die Rastlosigkeit der Fahrensleute erwacht, sie will weiter, nicht mehr stillstehen.

Als Ille sich umdreht, zu Carla schaut, sitzt die leise stöhnend am Bettrand. Sie schaut Ille an, ohne sie zu sehen. Ist in Carlas Augen Unsicherheit, Angst, Bestürzung? Was ist heut Nacht passiert? Jetzt hat Ille das Gefühl, als sei Carla nicht mehr die glatte, porzellanfarbene Taube von der Isar, die ruhig schaukelnd auf dem Ast sitzt. Kann es sein, dass Carlas Seele so zerzaust ist wie ihr Haar, wie die Federn der Taube? Der Gedanke tut Ille auf eine seltsam ziehende Art weh. Ist sie, Ille, angewiesen auf Carlas Unversehrtheit?

Lieber nicht denken, lieber für Carla einen starken Kaffee kochen, und dann hole ich Vergissmeinnicht vom Bach, die liebt sie so sehr.

Als Ille zum Bach geht, kommen Rogner und Bernhard gewackelt, zetern, regen sich auf. Ille denkt, sich selbst verspottend, dass sie vor cholerischen Gantern weniger Furcht hat als vor Carlas zerrissenem Gesicht. Warum traut Ille sich nicht, die Freundin zu fragen?

Als Carla zum Tisch kommt und dankbar den Kaffee schnuppert, ist sie rosig wie immer. Verdammich, sogar heute hat sie auf dem Kopf gestanden, denkt Ille mit bewunderndem Abscheu. Carla hatte Yoga gelernt, besuchte seit Jahren Kurse. Anfangs war Ille mitgegangen. Als Idee gefiel ihr Yoga außerordentlich, und all das von Jugend und Schönheit im Lehrbuch sagte ihr schon zu. Aber was bei Carla offensichtlich fruchtete, machte ihr, Ille, nur Verdruss. Erstens krachten ihre Gelenke bei den Übungen, und beim Entspannen schlief sie jedes Mal ein.

Ille liebte Yoga theoretisch, ließ auch guten Willens bei Spaziergängen die Sonne in ihr Sonnengeflecht einfließen. Das kostete sie weiter keine Anstrengungen. Aber alles andere – nein. Carla trieb es auch zu weit. Sie hatte beim Zen-Bogenschießen einen alten Japaner kennengelernt, der im Schwarzwald Kurse abhielt. Natürlich hatte auch Ille ihn kennenlernen müssen. Mit Schaudern hörte sich Ille später an, dass sie stundenlang in der Hocke stillsitzen mussten, dann hatte der Meister mit einem Stock kräftig auf ihre Schulter geschlagen zum Zeichen, dass sie sich nun wieder erheben durften.

Ille hatte sich empört: Jetzt haben wir endlich die Prügelstrafe aus den Schulen raus, da fangen die Japaner den Unsinn wieder an.

Ebenso wenig Geschmack fand Ille an Carlas Kneippgüssen. Sie führte jeden Morgen nach dem Duschen einen Schlauch mit kaltem Leitungswasser an ihrem Körper hoch. Erst die Beine hinten, die Arme und so weiter. Und dann rund um die Stirn. Ille hatte das auch probiert, aber nur einmal. Besonders von dem verdammten Kopfguss hatte sie Kopfschmerzen bekommen, die den ganzen Tag anhielten. Idiotisch. Es konnte keinen Zweifel geben, Ille war nicht dafür gemacht, gesund zu leben. Selbst Carlas Vorbild änderte da nichts. Ille war für das degenerierte Leben des Durchschnittsdeutschen gemacht. Sie aß zu viel und am liebsten Süßes, trank fast nur schwarzen Kaffee, Cassis und Wein, Jogging fand sie unästhetisch und Hallenbäder auch. Schon in der Schule hatte sie kraftlos im Barren gehangen, ließ sich beim Völkerball sofort abwerfen, damit sie ihre Ruhe hatte. Wohl konnte sich Ille begeistern, wenn sie sportlichen Leuten beim Wettkampf zusah, sie bewunderte auch Carla für ihren elastischen, federnden Gang, ihren gut durchbluteten, beweglichen Körper. All das fand Ille grandios – wenn sie nur nicht mitmachen musste. Schwierig war es jetzt, wo Carla außer Ille niemanden fand für ihre Spaziergänge. In Berghausen hatte Carla zwei Mal in der Woche Waldlauf gemacht. Das tat sie schon seit über zehn Jahren. Zuerst hatten die Leute ihr zicke, zacke, heu, heu, heu hinterhergerufen. Inzwischen liefen sie selber. In Streifenanzüge gekleidet, verschandelten sie scharenweise die Landschaft. Carla gab nicht Ruhe, bis sie jeden Tag, oder doch fast jeden, einen Spaziergang gemacht hatte. Spaziergang! Carla rannte wie früher Emil Zatopek. Ille war schon nach der ersten Kurve völlig erschöpft und fühlte sich einfach nicht wohl. Weder beim Gehen noch beim Laufen. Weiß der Kuckuck, was mit ihr los war. Entweder war sie zu warm angezogen oder sie fröstelte, die Ersatztrainingshose von Carla war ihr zu groß und kratzte, und überhaupt. Ille wurde von zu viel Bewegung krank, auch wenn Carla das nicht glauben wollte. Richtig übel wurde Ille. Außerdem hielt sie Spazierengehen für sinnlos. Erst wenn sie daheim waren, geduscht hatten und in Ruhe ein Glas Wein tranken, ging es Ille wieder besser. Der Seitenwagen, das war genau das Richtige, hoffentlich fuhren sie bald wieder los.

Kommt der Arthur nicht zum Frühstück? Ille fragt es so beiläufig, wie sie kann. Carla schlägt energisch ihrem Frühstücksei den Kopf ab. Lass den bloß schlafen.

Carla hat sich ihre erste Zigarette angezündet, raucht nervös. Daran kann Ille immer sehen, wenn Carla unruhig ist. Dann schnippt sie dauernd Asche ab von der Zigarette, auch wenn noch keine dran ist.

Und dann sagt Carla: Ille, ich muss hier weg, komm, bevor der Arthur wach wird ...

16

Eigentlich wollen sie nach München reinfahren, zu Petra, Carlas Tochter. Doch sooft Carla auch in der Possartstraße anruft, niemand meldet sich, Petra scheint nicht daheim zu sein. Da beschließen sie, wie versprochen, Gussi Gruber zu besuchen. Sie wohnt im Lehel, in der Obermayrstraße, in einem großen alten Eckhaus. Ihre Wohnung im zweiten Stock ist geräumig, auf eine plüschhässliche Art gemütlich. Die rotgoldenen Brokatsessel machen Ille sofort schläfrig, die Tische und Schränke scheinen viel zu schwer für ihre krummen, verschnörkelten Füße. Die drei sitzen bald in der Küche, essen Ente mit Knödeln, und Gussi Gruber freut sich. Na, dass Sie kemman, des find i ganz toll.

Gussi ist sehr blass. Es geht ihr nicht gut. Der Magen, wissen S'. Neamand woaß so recht. Und i muaß ins Geschäft, dringend.

Sie erzählt Carla und Ille, dass ihr Geschäftsführer ausgerechnet jetzt gekündigt hat. Er wollte Gussis Krankheit ausnützen, sie erpressen, fünfhundert, denken S' Eana, fünfhundert Mark mehr Gehalt habe ihm die Konkurrenz geboten. Da hat Gussi Gruber ihn gehen lassen. Erpressn lass i mi net. Des is dann die Spitze vom Eisberg.

Aber jetzt ist es eben schwierig. Sie, Gussi, kann halt noch nicht von abends neun bis um drei in der Früh auf den Beinen sein. Und die Mädchen müssen beaufsichtigt werden, die streiten, des können S' Eana net vorstellen. Gerade jetzt hat Gussi eine gute Stripteasetänzerin, Paola aus Israel. Denken S' Eana, wenn s' ausgschlaffa hat, dann springt s' mit dem Fallschirm vom Himmel, des hat s' bei die Israeli gelernt, bei der Armee. Diese schöne Paola also hat es schwer bei den anderen Mädchen. Sie versuchen, ihr die Kostüme zu verderben, neulich hatten sie ihr in ein neues, aufwändiges Federkostüm reingeschnitten. Im Oberteil, im ohnehin kaum vorhandenen Höschen, überall waren Löcher, Risse. Es war kaum möglich gewesen, das Kostüm wieder auszubessern. Wenn mer da net aufpasst wie a Gluckn, immer wieder ausgleicht beim Streitn, dann kriegn die sich ständig in die Haare.

Und wenn wir Ihnen helfen? Ille hat es gesagt und lauscht selbst verwundert ihren Worten nach. Gussi schaut überrascht, zweifelnd.

Carla sieht Ille an, prüfend. Ich versuche gerade, mir das vorzustellen. Ich auch, sagt Gussi Gruber sachlich.

Was Sie nicht wissen können, erklärt ihr Ille, was Sie nicht wissen können, ist, dass ich zwei ausgewachsene Ganter jeden Abend in ihr Haus getrieben habe, eine Woche lang.

Aha. Gussis Zweifel scheinen damit noch nicht ausgeräumt. Doch langsam erwärmt sich Gussi für den Gedanken. Sie ist Geschäftsfrau genug, um zu wissen, dass sie ihren Laden zu lang allein gelassen hat. Dass es höchste Zeit wird, präsent zu sein, dass sonst die Mäuse auf Tischen und Bänken tanzen. Und Gussi hat auch genug Menschenkenntnis, um Carla und Ille einzuordnen. Das sind Damen, zweifellos. Wenn die den Mund aufmachen, das ist Kultur, das hört man sofort. Die Gussi hat schließlich Kreuzworträtsel mit Carla gelöst.

Alles, aber auch alles hat die gewusst. Die muss eine Bildung beieinander haben. Studiert hat sie auch, genau wie ihre Freundin. So was Gebildetes, Solides, das ist immer gut fürs Geschäft. Nicht an der Front, versteht sich, aber so wie sie, Gussi, überall mit den Augen und immer ein Ohr für die Mädchen, das ist das Wichtigste. Gussi ist seit zwanzig Jahren im Geschäft. Sie hat die Bar von den Eltern geerbt. Das Haus, in dem sie wohnt, gehört ihr inzwischen, ohne dass sie je darüber sprechen würde. Und die Eigentumswohnung in St. Moritz-Bad ist auch abbezahlt. Alles solide, nur das Äußere ist Flitter. Ille und Carla hatten Gussi ja kaum wiedererkannt. Im Krankenhaus war sie ungeschminkt gewesen, mit kurzem, dunklem Schopf. Jetzt trägt Gussi eine Löwenkopfperücke aus meliertem Haar, viel Goldschmuck, hat die Augen stark geschminkt, und ihr schwarzes Seidenkleid, seitlich drapiert, lässt beim Gehen Gussis lange, schlanke Beine frei.

Gussi fasst ihre Entschlüsse überlegt, dann aber rasch. Also, Eana, sie schaut Carla freundlich taxierend an, Eana passen meine Kleider, da fehlt nixen. Und für die Ille, da woaß i auch wos, das schoppen wir mit einem Gürtel, des passt scho.

Ille trägt ein blaues Chiffonkleid, das eine Schulter freilässt, dazu einen langen Schal. Ganz was Ähnliches hat sie daheim im Schrank, für die Gesellschaft Harmonie in Berghausen. Da gibt es mehrere Bälle im Jahr, vor allem im Winter. Den Jägerball, den Harmonieball, den Ball des Lions Club und den der Rotarier. Man kennt sich, sieht sich jeden Tag, und besonders die Herren sind manchmal erstaunt, dass die Damen abends ganz anders aussehen, während sie selbst sich überhaupt nicht verändern.

Besonders zu den Zeiten, als die Frisöre auf Hochtouren arbeiteten mit Haarteilen, Zöpfen und Zweit-Wimpern. Da war die Verkleidung der Damen manchmal verwirrend gewesen.

Gussi suchte für Carla ein schwarzes, raschelndes Taftkleid heraus. Sie hatte einen Wandschrank voller Abendroben. In so vielen Jahren kimmt was zamm. Carla sah die bunten Seiden, Taft, Tüll, der blasse Duft erinnerte sie an die Schränke ihrer Mutter, die Kleider der acht und zehn Jahre älteren Schwestern, die jeden Samstag zum Tanztee in den Delphi-Palast gingen oder zu Kroll im Tiergarten. Auch von der Gong-Bar in der Nürnbergerstraße erzählten die Schwestern, und Carla hatte sich brennend gewünscht, auch schnell erwachsen zu werden, auch Taftkleider zu haben, auszugehen.

Und heute? Sie findet, dass sie alle drei aussehen wie alte Paradiesvögel, lächerlich aufgeputzt. Aber was tut es? Zu ihrer Reise, zu ihrem Aufbruch scheint es zu passen. Warum sollen sie nicht in einer Bar die Stripteasemädchen hüten, Whisky ausschenken. Alles war besser, als an Arthur zu denken, die ambivalenten Gefühle auszuhalten. Seine weiche Hand, sie spürte den Griff an ihrer Schulter, sein Eau de Toilette, die warme Seide des Polohemdes. Nein, nicht noch einmal abstürzen. Dann schon lieber im Edelpuff Schmiere stehen. Nach dem dritten Cassis ist Carla richtig gespannt auf das Crazy. Vor allem auf Ille. Natürlich waren sie hin und wieder in einer Bar gewesen. Nach einem Theaterbesuch in Köln oder nach der Oper. Aber immer mit ihren Männern, die so taten, als interessierten sie die Brüste und Popos der Tänzerinnen nicht. Oder wenigstens nicht sonderlich. Otto zerlegte die Damen immer tiermedizinisch. Die Schöne hat Rotlauf, einwandfrei, diagnostizierte er einmal nach dem furiosen Fruchtbarkeitstanz einer Orientalin, die vielleicht aus Köln-Nippes, aber zweifellos sehr schön war. Euch geht es wie dem Fuchs mit den Trauben. Ille und Carla nahmen ihren Männern das Desinteresse nicht ab, fanden es aber andererseits rücksichtsvoll, dass sie nicht gierig die Lippen leckten.

Also, dann pack mer's. Gussi holte ihren Mercedes aus der gegenüberliegenden Garage. Sie fuhren die hell erleuchtete Maximilianstraße hinunter, vorbei am Vier-Jahreszeiten-Hotel, das Fahnen gehisst hatte. Extra für uns. Gussi ging es immer besser. Sie fühlte sich stark, Ille und Carla wurden ihr mit jeder Stunde sympathischer. Mit dene zwoa, dachte Gussi, hob i wieder amal Massel g'habt.

Am Altheimer Eck hatte Gussi einen Platz in der Parkgarage. Im Crazy war jetzt, um halb neun, noch nichts los. Gussi ging mit Carla und Ille gleich in die Garderobe. Das ist Nellie, das ist Ramona und des ist der Gilbert. Gussi stellte vor. Nellie, mit straff zurückgekämmtem Haar, stark geschminkt, strickte mürrisch an einem Pullover. Gilbert, ihr Mann, dunkelhäutig, laut Gussi ein Bimbo aus Paris, saß neben ihr, ließ, halb schlafend, silberne Kugeln an Nylonschnüren gegeneinanderklicken. Ramona klebte sich, fluchend, einzelne Wimpern an. Deifi, des Glump hot der Deifi gsegn. Die starke Schminke der Frauen wirkte in dem Neonlicht der kahlen Garderobe grotesk. Als Carla, Ille und Gussi wieder gingen, kam Paola. Groß, dunkelhäutig, mit langen blauschwarzen Haaren. Ihre Augen waren ablehnend, das Gesicht verschlossen, völlig ungeschminkt.

Gussi, die jetzt nichts mehr von ihrer bayerischen

Gemütlichkeit hatte, deren Mund ein Strich und deren Stimme kalt war, ging hinter Paola noch mal zurück in die Garderobe. Damit des klar ist, Nellie, Ramona, wenn noch mal so was passiert wie in den letzten Wochen, wie ich im Krankenhaus war, wenn mir noch mal was vorkommt mit der Paola, ich schmeiß euch raus. Ohne Pardon. Ihr wisst, wie es ausschaut, ich krieg an jedem Finger zwei Neue, bei dem, was ich zahl. Und so eine Sauerei, wie ihr das mit der Paola gemacht habt, das gibt's bei mir net, kapiert?

Nellie und Ramona schauten sich durch die Spiegel an, während Gilbert mit seinen Träumeraugen Paola verschlang. Wütend knallte Nellie ihm ihre Perücke auf den Kopf, die er mit einem schlaffen Lächeln wieder runterzog, ihr zurückgab. Nellie und Gilbert tanzten zuerst. Es war jetzt kurz vor zehn. Nur vier Männer saßen an der Bar, Geschäftsleute offenbar, die sich kannten, von Kugellagern redeten. Als Nellie und Gilbert tanzten, ›Hey, Big Spender‹, als sie ihre Körper geübt lasziv ineinander verwickelten, schauten sie kaum auf. Carla und Ille dagegen waren fasziniert. Ist das die strickende, schafsnasige Nellie? Ihre Perückenmähne umfloss sie täuschend echt, ihr eben noch grotesk wirkendes Gesicht sah im diffusen, stets wechselnden Farblicht großäugig, apart aus. Und Gilbert? Dachte er an Paola, wenn er Nellies Körper mit den Lippen umschmeichelte?

Gussis nüchterne Stimme: Die beiden verstehen was vom Geschäft. Profis. Die haben einen Tango drauf, den tanzen sie später, so um ein Uhr, der is Spitze.

Ille fand in der kunstlichtumflossenen, magisch bewimperten Nellie die verdrossen strickende Hausfrau aus der Garderobe nicht wieder. Wahrscheinlich denkt sie beim Sichwinden zwei rechts, zwei links, zwei zusammenstricken. Das konnte Ille sich gut vorstellen. Sie wusste, dass man nirgends seine Gedanken so gut spazieren führen kann wie beim Geschlechtsverkehr. Himmel, wo hatten Illes Gedanken sich schon hinverirrt. Dass sie sich beim Lieben schon über der Zusammenstellung des Sonntagsmenüs ertappt hatte, lag ja immerhin noch im Bereich ihrer Pflichten. Was aber bewog sie, sich auf Pferderücken zu träumen, an leuchtenden Horizonten entlangzugaloppieren. In die Haltegurte eines Flugdrachens knüpfte sie sich hinein, segelnd zwischen Bergwänden. Weit hinaus in die Ostsee schwamm sie, ins leuchtende Mittagsglühen, beschützt vom undurchschaubaren Himmel. Bis sie, erwachend unter Ottos aufmerksam-sezierendem Blick, zurückkehrte. Schuldbewusst.

Tun wir es uns doch nicht mehr an. Ottos Beschluss war Erlösung und Peitschenschlag.

Und jetzt steh ich hier und schenke Sekt aus. Warum nicht. Ille sieht sich selbst zu, wie sie hantiert und redet. Im geschäftsgünstigen Dämmer der Crazy-Bar sieht sie sich zu, wie sie sich immer zugeschaut hat. Als wäre ihr Leben eine Frühgeburt im Brutkasten, an die man nur durch zwei Öffnungen, sterile Handschuhe an den Händen, hinfassen darf.

Ille beobachtet, wie Carla Ramona zurechtweist, die einem wohlgefüllten Herrn immer noch mehr Sekt nachgießt, obwohl er sich nur noch mit Mühe am Tresen hält. Als Ille vorbeikommt, sagt Ramona zu ihr: Geh, sagn S' der alten Hyanzinthn, dass des mei Sach is, des geht die fei gar nixn o.

Das sagen Sie ihr mal selber, Sie bleiche Vorstadtnelke.

Ramonas Verblüffung tut Ille wohl. Diese kleine Nebelkrähe, die nichts anzubieten hat als einen süßen Hintern, die will Carla beschimpfen?

Gussi hat sich nach drei Stunden Stehen in ihr Privatzimmer verzogen. Als sie wieder antritt, gehen Ille und Carla nach hinten, beiden tun vom ungewohnten Stehen die Füße weh. Carla streift die Pumps ab, lässt sich in einen orangefarbenen Fellsessel von bequemer Hässlichkeit fallen. Ille, mich kotzt das alles an.

Ille reibt eher zufrieden ihre Beine. Du hast doch gewusst, dass dies hier nicht die Bahnhofsmission ist.

Carla schaut Ille wütend an, zerrt das Taftkleid aus. Du mit deiner verdammten Unverbindlichkeit. Du bist dir ja zu schade, auch nur hinzusehen. Du lässt doch nichts an dich rankommen. Siehst zu wie in der Oper.

Ille weiß, dass sie Carla noch mehr reizt, sagt es aber trotzdem: Soll ich denn die Fahne der Moral vorantragen? Wem denn, wohin denn? Soll ich mich darüber empören, dass die Mädels draußen ihre Hintern und Brüste verscherbeln? Denen macht das doch Freude. Schau dir die Paola an. Ich hab schon lange kein so schönes Mädchen gesehen. Sie spricht drei Sprachen, ist ohne Zweifel intelligent. Das Klischee von der verfolgten Unschuld, die auf die schiefe Bahn gekommen ist, passt nicht mehr. Es macht ihr Spaß, die Männer gierig zu machen und dafür Geld zu kassieren.

Das find ich ja so mies. Carla hat wieder ihr Strickkleid an, frisiert sich vor dem Spiegel. Dies Spiel ohne Würde. Die Männer, die herkommen, weil sie ein bisschen Wärme wollen, mit jemandem reden, denen nehmen sie das Geld ab in schamloser Weise. Sie finden sich auch noch toll. Als ob sie nicht selber dabei ausgenützt würden. Jaja, ich weiß, das ist schon so seit Adam und Eva, aber ich muss ja nicht mitspielen. Und dass du wieder mal mit deinem verdammten sogenannten liberalen Hochmut noch am Rande stehst und deinem Voyeurismus Futter gibst, das bringt mich am meisten auf.

Ille wundert sich selber, wie wenig sie die Wut Carlas berührt. Vielleicht habe ich begriffen, dass ich viel zu lange schmalspurig gefahren bin, viel zu lange vom Leben nur eine ungefähre Vorstellung hatte. Vielleicht weiß ich inzwischen, dass ich nicht mehr viel Zeit habe. Dass ich deshalb nicht mehr beurteilen, viel weniger noch verurteilen, sondern einfach nur erleben will. Auch das da draußen …

Carla hat plötzlich aufmerksame Augen. Was meinst du damit, wenn du sagst, dass du nicht mehr viel Zeit hast?

Ille lügt mit ihrem offensten Lächeln. Nun, wir sind beide Mitte fünfzig. Jeden Tag kann uns der Sensenmann holen. Denk an meine Tante Julchen. Sie stieg mit ihrer Schwester aus der Straßenbahn, sagte zu ihr, rasch tritt der Tod den Menschen an und sank zusammen. Tot. So kann es uns auch bald gehen.

Carla fand Illes Erklärung lahm und zu lang, verkramte dann aber ihr Misstrauen.

Gussi ist hereingekommen, sucht ihre Zigaretten. Grad is a ganze Bagasch eingeflogen, lauter reiche Paradiesvögel, ich kenn meine Pappenheimer. A ganz a Bildschöne ist dabei, i hab s' schon öfter da gsehn, die kommt immer mit die ganz Betuchten, a Playgirl erster Klasse.

Da kannst du ja wieder reinschauen ins Aquarium, sagt Carla zu Ille. Erst jetzt gewahrt Gussi, dass Carla sich umgezogen hat. Gell, Sie san frustriert?

Carla muss über Gussis bayerisch-modische Feststellung herzlich lachen. Gussis Geschäftssinn, ihre Überzeugung, dass sie gute Ware gegen gutes Geld handelt, ist ihr zwar fremd und eher zuwider, doch ist Carla tolerant genug, Gussis Person von ihrem Gewerbe zu trennen und liebenswert zu finden. Wie sie dasitzt, müde, die stark geschminkten Augen gerötet, fragt Carla, ob Gussi denn nicht genug habe zum Sichzurückziehen, ob sie den Laden denn nicht verkaufen oder verpachten könne. Obwohl es ihr von den Ärzten verboten wurde, raucht Gussi mit tiefen, gierigen Zügen. Freilich könnt ich aufhören, geldmäßig schon lange, aber was soll ich dann machen? Sie kenna des freili net verstehn, aber des hier, des Crazy, des is mei Lebn. Verstenga S'? I suach de Madeln aus und de Musi, i lass alle zwoa Jahr neu renoviern, damit's nach was ausschaut. Und ich hab a Ansprach und meine Gäste auch. De mögn mi nämlich, meine Stammgäste.

Das hatte Carla gesehen. Gussi war lebhaft begrüßt worden, Männer wie Mädchen hatten sie umarmt und geküsst. Selbst wenn Carla davon ausging, dass ein Großteil der Sympathie flüchtig und auf Sand gebaut war, gab es sicher auch echte Herzlichkeit. Einer, den sie alle Doktor nannten, war sogar weggegangen und mit einem Strauß Blumen zurückgekehrt, vom Automaten, aber immerhin.

Also, Gussi, dann gehen wir raus zum Endspurt. Schwesterlich Arm in Arm gehen sie zurück in die Bar. In der ersten Reihe, neben Ille, steht Petra. Starrt Carla an, die jetzt Gussis Stimme tuscheln hört: Des is sie, die Petra, des is a ganz a Hochkarätige …

Warum war es Carla, als hielte ihr jemand die Augen, die Ohren zu? Obwohl sie Petra nicht anschaute, sah sie nur ihre Tochter. Das schwarze Kleid, einem kostbaren Unterrock ähnlicher, zeigte die olivfarbene Haut, die feste, kleine Brust. Das dichte Haar veredelte ihr Gesicht wie ein breiter, schwerer Rahmen, der eine Miniatur noch kostbarer macht.

Wie immer in den letzten Jahren, wenn Petra mit ihrer Mutter zusammenprallte, sagte sie erst mal ironisch: Halloo, Maman. Dann stellte sie Carla ihrem Begleiter vor, einem adrett gescheitelten Banker: Ein seltenes Vergnügen, Maman in einer Bar zu treffen, sie interessiert sich sonst nicht für Subkultur.

Petras Ironie ließ in Carla Bilder zurückkehren, die sie nicht gern anschaute, die ihr mehr und mehr wehtaten. Manchmal schien es ihr, als habe sie, Carla, ihre Kinder neben sich aufwachsen lassen wie Blumen im Garten, die man zwar liebt und gern anschaut, deren Pflege man aber anderen überlässt, weil andere Dinge wichtiger scheinen. Petra, sie muss etwa zwei Jahre alt gewesen sein, ein dunkellockiger Kobold im blauweißen Kittelchen, wuselte mit Vorliebe und Hartnäckigkeit um Carlas Füße. Carla, eilig, weil sie nach Bonn wollte zu einer Vorlesung, versetzte der Kleinen plötzlich einen Tritt, derartig heftig, dass das Kind aufstiebte wie ein Vogel und hart am Türrahmen aufschlug. Als sie, tief beschämt, reuevoll, wortreich die Tatsache umgehend der Ärztin erklären wollte, winkte die mit dem schrecklichen Trost ab: Das kann doch passieren, sehe ich jeden Tag. Genauso verständnisvoll-freundlich war die Ärztin gewesen, als Klaus-Jürgens linker Arm, ausgerenkt, schlaff in seinem Mäntelchen herunterhing. Carla hatte den Jungen in wütender Ungeduld so plötzlich zu sich herumgerissen, dass der Arm auskugelte. Keine Zeit, keine Ruhe, keine Geduld hatte Carla für die Kinder gehabt. Wenn sie mit ihnen spielte, pflichtschuldigst, sehnte sie sich in ihr Zimmer zurück. Zu ihren Büchern. Die Zeit in Wien, das Studium bei Professor Kindermann, diese drei Semester ließen Carla nicht los. Es war ihr Traum, noch mal mit einem Studium zu beginnen. Germanistik. Ille hatte ihr das Buch von Ernst Robert Curtius geschenkt: ›Europäische Literatur und lateinisches Mittelalter‹, eines ihrer wichtigsten Bücher damals. Carla fuhr zu Vorlesungen nach Köln oder Bonn in die Universität, nahm sich vor, im nächsten Semester sich einzuschreiben. Dass sie es dann doch nicht schaffte, verzieh sie sich niemals. Sie las, sie fraß Gottfried Benn. Seine ›Statischen Gedichte‹ hatte ebenfalls Ille ihr geschenkt, Ille, für die Gottfried Benn neben Franz Kafka dem morbiden Weltgefühl Ausdruck verlieh, das Illes Leben bestimmte. Während Ille jedoch in der ihr eigenen Unverbindlichkeit Literatur goutierte, ohne sich von ihr dominieren zu lassen, war Carla besessen gewesen. Sie, die nicht vergaß, dass die Nazi-Ideologie sie streckenweise verführt hatte, identifizierte sich mit Gottfried Benn, der spöttisch-zynische Verse schrieb, in denen sie sich – entlastet – wiederfand:

Tag, der den Sommer endet,
Herz, dem das Zeichen fiel:
die Flammen sind versendet,
die Fluten und das Spiel.

Die Bilder werden blasser,
entrücken sich der Zeit,
wohl spiegelt sie noch ein Wasser,
doch auch dies Wasser ist weit.

Du hast eine Schlacht erfahren,
trägst noch ihr Stürmen, ihr Fliehn,
indessen die Schwärme, die Scharen,
die Heere weiterziehn.

Rosen und Waffenspanner,
Pfeile und Flammen weit –:
die Zeichen sinken, die Banner –:
Unwiederbringlichkeit.

Las Carla bei Franz Kafka: »... Betrogen! Betrogen! Einmal dem Fehlläuten der Nachtglocke gefolgt – es ist niemals gutzumachen«, dann berührte sie tief, dass Kafka dies schon 1919 geschrieben hatte.

Aus den Kölner Buchhandlungen brachte Carla immer mehr Bücher heim: T. S. Eliot, Elisabeth Langgässer, Hermann Kasack. Sie las die Roman-Trilogie von Wolfgang Koeppen: ›Tauben im Gras‹, ›Das Treibhaus‹, ›Der Tod in Rom‹. In den späteren Jahren verfolgte sie fasziniert die Arbeit der Gruppe 47. Wiederum war es Ille, die Carla das erste Buch eines jungen Autors schenkte, der über Kafka promoviert hatte: Martin Walsers ›Ehen in Philippsburg‹. Diese fast schon unheimliche Übereinstimmung von Erfahrungen.

Heute erschien es Carla manchmal, als hätte ihr Literaturhunger sie ihren Kindern entfremdet. Während sie über ihren Büchern saß, hörte sie die Stimmen der spielenden Kinder. Sah, dass Klaus-Jürgen niemals teilhatte, ein ängstlicher, schüchterner Außenseiter, der nicht einmal von den anderen gehänselt wurde. Sie übersahen ihn, der in sich gekehrt grimassierte, manchmal halblaut vor sich hin sprach, seine Phantasiegestalten nur sich selber mitteilte. Sprach Carla ihn schuldbewusst an, fragte sie ihn, mit wem er denn rede, wurde er zornig: Siehst du sie denn nicht, Haubipchen und Schreusa? Sie waren lange seine Gefährten. Beschämt versuchte Carla, den Jungen mit Spielkameraden zusammenzubringen. Gutwillig erschienen die Kinder, doch dann zog sich Klaus-Jürgen wieder zurück, tanzte seine Einsamkeitstänze.

Petra dagegen war schon früh Mittelpunkt einer Bande, die oft das Missfallen der Berghauser erregte. Sie rissen mehrfach von zu Hause aus, Carla hatte sie bei der Polizei abholen müssen, als sie zu viert nachts im Overather Bahnhof Schutz vor einem Wolkenbruch gesucht hatten. Schon als kleines Kind war Petra schwierig gewesen. Sie mochte nicht essen, bekam ohne ersichtlichen Grund Wutanfälle, war mürrisch und bockig wegen läppischer Kleinigkeiten. Als sie älter wurde, wollte Carla ihr manchmal von früher erzählen, von der Liebe zu ihrer Mutter. Doch wenn sie davon anfing, unterbrach Petra sie sofort mit Aussprüchen der Langeweile wie: Ach, du lieber Himmel, oder: Mami, Mensch, halt die Luft an …

Petras Zimmer war schon immer ein ständiger Saustall. Machte Carla ihr Vorhaltungen, fruchtete das ebenso wenig wie die Versuche, Petra zu hübschen, adretten Kleidern zu bewegen. Mensch, Mami, du nervst mich! Petra liebte dunkle, ausgefranste Männerpullover, enge Hosen. Ihr Haar war durch eine Afrodauerwelle total kaputt an den Spitzen, ihre Augen waren blau und grün ummalt. Der fußbodenfarbene Lack ihrer abgekauten Nägel blätterte. Dabei war Petra schön – warum entstellte sie sich so? Sie ist doch mein Kind, dachte Carla, warum schiebt sie mich beiseite? Warum sagt sie mir nichts von dem, was in ihrem Kopf vorgeht? Was hat diesen Bruch ausgelöst?

Carla fürchtete sich vor der Antwort, verdrängte den Gedanken, der immer wieder auftauchte: Wer nicht sät, kann auch nicht ernten.

Petra. Schöne Fremde. Ich hab dich nicht bei der Hand genommen, als es noch Zeit war. Carla rief sich selber zur Ordnung wegen ihrer Rührseligkeit. Warum traf es sie so hart, dass Petra heute mit ihrer Schönheit, ihrer Anmut und Intelligenz Männer an sich zog, reiche Männer, die mit ihr lebten, stundenweise, tageweise, ihre Wohnung, das Auto bezahlten. Gute Ware gegen gutes Geld. Gussi. Es wurde Carla nicht bewusst, wie tief sie sich an ihren Gedanken verletzte.

17

Petra hatte darauf bestanden, dass Ille und Carla gleich mit heimfuhren in die Possartstraße, wo Petra im fünften Stock eines großen Bürohauses ihre Wohnung hatte. Nur wer im Wohlstand lebt, lebt angenehm, hatte Ille gesagt, als sie in dem ledergepolsterten Jaguar des guterzogenen Bankers in die Possartstraße fuhren. Ille wanderte von einem Raum in den anderen, betrachtete die Bilder naiver Maler, die Petra sammelte. Besonders die farbenfrohen, kindlich genauen Bilder eines ihr unbekannten Malers namens Josef Wittlich faszinierten sie, solche Bilder hatte sie noch nirgends gesehen. Petra erzählte ihr, dass ein über siebzig Jahre alter Fabrikarbeiter diese Bilder gemalt habe, diese und viele andere, die aber jahrzehntelang von niemandem beachtet und gesammelt worden seien.

Carla fragte nach Anina, und Petra wies auf eine Tür, die den beiden Wohnräumen gegenüberlag. In einem alten, blassblauen Bauernbett mit hölzernem Baldachin, an dem winzige Glöckchen baumelten, schlief Ninchen, umzaust von ihren langen Locken. Petra ist hinter Carla ins Zimmer getreten, steht nun mit verschränkten Armen an Ninchens Bett, schaut Carla herausfordernd an. Ich weiß, dass du mich und mein Leben nicht akzeptierst, aber du solltest deine Ablehnung nicht so deutlich zeigen – vor den anderen. Sie wirkt nur lächerlich. Petras Augen sind jetzt spöttisch, kampfeslustig. Sag doch, was dir nicht passt.

Carla fühlt sich gehetzt, verirrt in ihren Befürchtungen, unklaren Ängsten, die weniger mit Petra als mit Anina zusammenhängen. Aber hatte sie überhaupt das Recht, sich über die Zukunft ihrer Kinder zu sorgen?

Petra nimmt ihr die Antwort ab. Sieh dich um hier, sagt sie mit ihrer leisen dunklen Stimme, die jetzt nur flüstert, um Ninchens Schlaf nicht zu stören. Sieh dich um hier, jedes Stück, Bett, Kommode, Schrank, Stühle, Puppenwagen, alles hab ich gesammelt für Anina, seit dem Tag, an dem ich wusste, dass sie in mir wächst. Ich nehme mir Zeit für sie, ich lebe mit meinem Kind. Du hast immer mit deinen Büchern gelebt.

Petra ging raus aus Aninas Zimmer, winkte Carla mitzukommen. Petra sah ihre Mutter mit einem offenen Blick an, den Carla noch nie an Petra gesehen hatte: Maman, ich weiß, dass du Anina lieb hast, und deshalb will ich dir etwas sagen, was ich sonst vielleicht, wie so vieles, mit mir selber abgemacht hätte. Ich weiß genau, dass du mich nie lieben konntest, mich nicht und Klaus-Jürgen auch nicht. Aber anstatt das zu akzeptieren, hast du mich getäuscht. Mir Theater vorgespielt. Wollte ich ausgehen, hast du dich aufgeregt, wollte ich allein in Ferien, hast du es verboten. Alles, weil du mich angeblich liebtest und in Angst um mich warst. Warum hast du immer gelogen? Es gibt doch viele Mütter, die ihre Kinder nicht mögen, warum stehen sie nicht dazu? Was glaubst du, wie peinigend das ist, umarmt zu werden, weil es das Klischee so vorschreibt.

Wie eine rettende Insel erreicht Carla das Wohnzimmer. Petras Freund verabschiedet sich gerade liebenswürdig von Ille, umarmt Petra, Carla bekommt einen Handkuss. Kommt, trinken wir noch einen kleinen Cassis, den mögt ihr doch immer noch? Carla und Ille lassen sich müde auf die samtblaue Sitzlandschaft fallen, Petra rekelt sich in einem Sessel. Gähnend erklärt sie, dass sie über den Fortgang ihres Freundes nicht allzu traurig sei: Wir sind so verliebt, dass wir uns immer ineinanderknüllen im Bett. Das mag ich zwar wahnsinnig, aber man ist im Grunde nie ausgeschlafen. Und in aller Frühe kommt Ninchen und befiehlt, ihr sollt jetzt aber aufstehen! Es schien Petra nicht im Geringsten zu stören, dass sie Ille und Carla mit ihrem Bekenntnis etwas ratlos zurückließ.

Am Morgen ist Anina selig, dass Carla und Ille da sind. Sie kommt gar nicht nach mit Erzählen. Spricht mal einer der Erwachsenen, hat sie wenig Geduld, ruft, jetzt will ich auch mal was sagen. Aufgeregt zeigt sie ihre Töpferarbeiten, Kacheln in Blau- und Gelbtönen, einen türkisfarbenen Teller mit deftigem Rand, einen Zyklopen, dessen Original sie einmal in einem Antiquariat sah und seitdem immer wieder nachbildet. Seit kurzem hat Anina Klavierunterricht und bringt das auch sofort zu Gehör. Das Haar zum dicken Zopf im Nacken geflochten, sitzt sie auf dem Drehstuhl. Ein kleiner Mozart.

Sie ist so süß, erläutert Petra, wenn sie gerade nicht beißt. Anina, dass du Oma und Ille nicht beißt, ich warne dich. Ninchen dreht sich um auf dem Klavierschemel, zeigt die blitzenden Beißwerkzeuge. Euch beiß ich nicht, bloß den Friedrich. Den sollst du auch nicht beißen, der hat dich so lieb, es langt, wenn du mich malträtierst. Anina lächelt verträumt, holt sich den dicken schwarzen Kater Ojesses, den sie wie eine Schlummerrolle schwenkt.

Das hab ich auch noch nicht gesehen, staunt Ille, dass sich ein Kater so was bieten lässt. Der Ojesses kann viele

Tricks, verrät Ninchen, und zum Beweis legt sie sich den Dicken wie einen Kragen um die Schulter. Dann kauert sie sich auf den Boden und rollt ihm einen kleinen Ball wieder und wieder vor die Pfoten, ist ganz versunken ins Spiel. Neulich morgens, erzählte Petra leise, da haben wir uns gerade umarmt, Friedrich und ich, da stand Anina plötzlich vor dem Bett und fragte: Warum wackelt ihr so? Und als wir vorgestern zu dritt in einer Ausstellung waren, in der Friedrich mich vor einem Bild küsste, da zwängte sie sich zwischen uns, rief laut: Jetzt geht aber auseinander, ihr habt euch doch die ganze Nacht. Carla hat das Gefühl, als wolle Petra sie mit diesen Aperçus herausfordern.

Ille spürt auch die Spannung zwischen Mutter und Tochter. Doch das war ihr aus ihrem eigenen Verhältnis zu Ele vertraut. Ille ahnte Carlas Sorgen, obwohl Carla niemals über Petra sprach. Ille hatte Petra eher beneidet, dass sie sich so früh losgemacht hatte von allem, was sie einengen konnte.

Ille sah Blicke zwischen Mutter und Tochter, die an scharfe Klingen erinnerten. Und wieder hatte Ille das Gefühl, als könne sie in Carla hineinsehen, als sei die Freundin plötzlich transparent geworden. Carla litt unter Petra, das sah Ille mit einem Mal deutlich. Aber warum? Litt sie darunter, dass Petras Existenz ganz offensichtlich auf ihrer Schönheit, ihrer Anziehung auf Männer aufgebaut war? Plötzlich spürt Ille ihren Ischiasnerv. Immer, wenn sie zu lange saß, meldete er sich schmerzhaft. Ille muss aufstehen, auch aus ihren Gedanken. Gott sei Dank. Sie wusste im Grunde, wenn sie es sich auch nicht eingestand, dass sie immer davonlief, jeden Tag neu. Dass sie bodenlos unwissend war, sein wollte, wenn es um die Seele ging, um ihre eigene, um die der anderen. Ille konnte, wollte sich selbst nicht finden, wie hätte sie Carla finden können? Carla hatte schon recht, wenn sie ihr vorwarf, dass sie niemals genau hinsehe.

Anina hat Hunger. Sie will zu McDonald's. Angetan mit gelben Plastikohren, einer abgeschabten ledernen Herrenkappe sitzt sie im Fond des Lancia zwischen Carla und Ille. Ihr müsst bei mir sitzen, verlangt sie. Jetzt erklärt sie den beiden, dass gleich der Friedensengel käme, da. Aber da ist keiner, den haben sie runtergeholt, weil er sonst abstürzt. Petra sagt, der Engel werde gerade neu vergoldet. Durch die Maximilianstraße fahren sie, schauen die Oper an, die glänzenden Läden. Einen Einkaufsbummel müssen wir mal machen, in die Oper möchte ich und ins Theater, sagt Ille. Wenn man, wie wir, in der Provinz lebt, muss man sich hüten vor dem Hochmut, dass man die Großstadt nicht braucht. Und die Großstadt, ergänzt Petra lächelnd, muss sich hüten, dass sie vor lauter Hochmut das Leben in der Provinz nicht unterschätzt. Sie kamen jetzt an der Theatinerkirche vorbei, am Odeonsplatz. Die Ludwigstraße hinunterfahrend, dachte Ille glücklich, dass er unvergleichlich schön sei, dieser Teil der Stadt, mit seinen Gebäuden, zeugend von Geist und Intelligenz.

Viel lieber, sagte Petra mit einem Blick auf Anina, ginge ich mit euch jetzt gemütlich zum Böttner oder in die Feilitzschstraße ins Bistro 33. Das hat eine Freundin vor einem Jahr eröffnet, sie kochen wirklich gut dort. Aber nein, wir müssen Prinzessin Anina folgen. Sie liebt diesen Junkfood, da kannst du nichts machen.

Als sie bei McDonald's an der Theke stehen, bei den papierbemützten jungen Leuten, ihre Hamburger und

Cheeseburger ordern, sieht Carla drei junge Blinde an einer Säule lehnen und sich miteinander beraten. Alle drei tragen die gelben Armbinden mit schwarzen Punkten, haben einen weißen Stock, mit dem sie sich vorwärtstasten. Warum tut ihr Anblick Carla weh? Besonders der Junge, der mit seinem weichen Mund immer wie um Entschuldigung bittend lächelt, konzentriert in seiner Geldbörse kramt, warum sieht sie in ihm plötzlich Klaus-Jürgen? Warum tut ihr der Gedanke weh, dass Klaus-Jürgen auf andere Weise blind ist, unfähig, andere zu sehen? Vielleicht, weil sie es ihn nicht lehren konnte. Klaus-Jürgen, denkt Carla, und ihr Mitleid mit ihm, mit dem blinden Jungen und mit sich selbst treibt ihr einen Kloß in den Hals. Was ist bloß mit mir los? Carla starrt immer wieder die drei Blinden an, die jetzt von der Theke kommen, ihr Tablett mit dem Blindenstock tastend absichern. Sie finden keinen Platz, niemand kümmert sich, ratlos stehen sie da, einer den anderen nicht findend. Carla fasst den Jungen am Arm, führt ihn zu einem Tisch, bittet die Leute, zusammenzurücken, holt die beiden anderen.

Petra folgt mit spöttischen Augen. Ich wusste gar nicht, dass du so volksnah sein kannst. Anina hilft Carla, trägt die Tabletts. Ille sagt, dass die Welt voller armer Kreaturen sei, an denen man einfach vorbeigeht, Tag für Tag. Sie sagt das so, wie sie ihre Feststellungen immer macht, selbstkritisch, doch sie hat sich mit ihrer Fehlbarkeit abgefunden. Wir können nicht das Leid der Welt tragen.

Carla weiß nicht, warum der Anblick der Blinden ihr derart zu schaffen macht, warum die latenten Schuldgefühle ihren Kindern gegenüber immer stärker werden. War sie denn eine derart unsensible Mutter gewesen? War damals das Bewusstsein der Gesellschaft, das heute subtil auf die Interaktion zwischen Mutter und Kind Rücksicht nimmt, sich damit auseinandersetzt in allen Medien – war in den Fünfzigerjahren nicht wirklich eine andere Zeit gewesen? Sanfte Geburt. Wer hatte ihr, Carla, das Kind auf den Bauch gelegt? Einen Tag nach der Geburt hatte sie Klaus-Jürgen wiedergesehen, gewickelt wie eine Puppe. Carla hatte ihn nicht nur in den Arm, sondern eng zu sich unter die Bettdecke genommen. Das Geschrei der Nonne: Wollen Sie denn Ihr Kind umbringen mit Ihren Bazillen? Das gellte ihr noch manchmal in den Ohren. Klaus-Jürgen hatte sich oft erbrochen nach dem Trinken. Einmal hatte sie geträumt, er wäre erstickt. Da hatte sie rasch ihren Morgenmantel angezogen, war über den langen Flur ins Babyzimmer gegangen. Brüllend stand plötzlich der Arzt in der Tür: Wollen Sie mit Ihrem verseuchten Loch meine Neugeborenen umbringen? War dadurch ihre Verwirrtheit, Unsicherheit, Fremdheit entstanden? Oder suchte sie, Carla, krampfhaft Erklärungen für ihr Unvermögen, eine gute Mutter zu sein? Klaus-Jürgens täppische Langsamkeit, ihre Ungeduld, wenn er stundenlang um sie herummarschierte, gehst du jetzt mit mir spazieren, ja?, während sie, nachsichtig seufzend, Zeitungen las. Wie oft hatte sie dem Kleinen versprochen, mit ihm zu spielen. Aber immer war was anderes wichtiger gewesen, ein neues Buch, Gäste am Abend, ihre Studien über Theodor Fontane. Und immer hatte Klaus-Jürgen dies Lächeln gehabt, dies um Entschuldigung bittende Lächeln.

Carla hörte zu, wie Petra mit liebevollem Verständnis Aninas Berichte über Susu anhörte, ihre allerbeste Kindergartenfreundin. Susu hatte nämlich gesagt, dass Anina nicht so gut töpfern könne wie sie, Susu. Darüber war

Ninchen traurig, und Petra erklärte ihr, dass sie zweifellos mindestens ebenso schöne Keramiken mache wie Susu, dass man darüber aber nicht streiten könne, weil das eben jeder anders sähe. Dass aber Ninchen schon nach wenigen Unterrichtsstunden hübsch Klavier spiele, dass sie schon weite Strecken völlig sicher schwimmen und tauchen könne. Und dass es schließlich nicht darauf ankäme, alles am schönsten und am besten zu machen, sondern es mit Freude zu tun. Aninas seliges Einverständnis mit Petra.

Ille denkt, dass drei Generationen am Tisch sitzen, Großmutter, Mutter, Kind. Fehlt bloß noch die Urahne. Wie kann es sein, dass sie, Ille, sich niemals altersbezogen empfinden kann? Erst dann, wenn sie plötzlich im Spiegel ihr Doppelkinn sieht, die grauen Haare an den Schläfen, die in dem Blond zwar kaum auffallen, aber doch deutlich sind. Erst dann erschrickt sie vor sich selber. Alt. Kuck mal, die Ollen. Sie hat es, besonders seit der Reise mit dem Motorrad, schon häufig gehört. Sie selbst fühlt sich komischerweise dadurch niemals beleidigt, immer nur wegen Carla tut es weh. Sie selbst fügt sich Verletzungen zu, wenn sie in Magazinen die Mädchenbilder anschaut, die Unmöglichkeit spürt, ihr eigenes Mädchenbild jemals wieder zu tragen. Wenn sie wenigstens so selbstbewusst und stolz auf sich gewesen wäre, wie es zweifellos die heutigen Mädchen waren. Wie es Petra war. Ich habe nicht gewusst, dass ich schön war, als ich es war. Auf alten Fotos im Badeanzug sah Ille ihre langen, schlanken Beine, die schöne Brust, das sanfte weiche Oval des Gesichtes. Wann bin ich mir je meines Körpers bewusst gewesen? Und: Warum tun Erinnerungen umso mehr weh, je heller sie leuchten?

18

Obwohl es Gussi von Tag zu Tag besser geht, verbringen Carla und Ille ihre Abende meist in der Crazy-Bar. Sie wohnen mal im Lehel bei Gussi, mal in Bogenhausen bei Petra. Und meistens zieht Anina mit. Während Ille auf den Rücksitz klettert, hockt Anina stolz im Seitenwagen, endlich hat ihre Motorradkappe einen Sinn. Vormittags fahren die drei oft zur Universitätsreitschule, weil Anina Pferde liebt. Sie schauen vom Café aus zu. Und Ninchen möchte auch unbedingt abends mitgehen in die Crazy-Bar. Sie muss aber daheimbleiben, da ist Petra unnachgiebig. Alessia, das italienische Au-pair-Mädchen, hütet Anina. Eines Abends, nach Petras Weigerung, Anina mitzunehmen, stürzt Anina plötzlich zum Fenster. Ich will sehen, ob Vollmond ist. Dann kann ich euch alle verfluchen. Weil ihr mich immer nicht mitnehmt.

Anina, das ist nichts für Kinder.

Eben, eben schon. Ich will aber! Ihr sollt!

Heute Abend ist es besonders voll im Crazy. Ille hat mit Verwirrung registriert, dass er wieder da ist, dieser langmähnige, kränklich-sensibel aussehende Junge, von dem Gussi sagt, dass er Filme macht. Aber keine, die du im Kino sehen kannst, der filmt bei Augenoperationen, Medizinfilme macht der. Traut man ihm gar nicht zu, dass der so was macht – ein so lieber Mensch. Claude Vormann heißt er. Ist fast jeden Abend da, redet kaum, und wenn, meist mit Franz. Von dem weiß Gussi, dass ihm in München Häuser gehören. Trotzdem oder gerade deshalb holt er seine Anzüge bei der Caritas. Und wenn in einem Haus etwas kaputt ist, etwa das Dach, dann legt sich der Franz drauf und repariert das. Und wenn er spät in der Nacht aus dem Crazy kommt, dann muss er ganz leis sein, damit ihn seine Mutter nicht hört. Die ist sechsundachtzig und streng. Der Franz ist so Mitte fünfzig. Also viel älter als Claude, auch sonst haben sie keine Ähnlichkeit. Franz hat ein rotbraunes Filougesicht, Claude sieht zart und blass aus wie ein verarmter Prinz. Ab und zu schaut er Ille an, seine Augen sind dann für einen Moment besonders grün. Sieht er Ille wirklich an, oder bildet sie sich das ein? Ille glaubt, noch nie einen so hübschen Mann wie Claude gesehen zu haben. Sein volles, nach hinten gekämmtes Haar hat die Farbe gebeizter Eiche, reicht lang in den Nacken. Sein Gesicht sieht auf reizvolle Art hungrig aus. Manchmal ist ein warmer Schimmer in seinen Augen.

Eines Abends lädt Petra, die Claude schon lange kennt, ihn ein, mitzukommen in die Possartstraße. Ille, Carla und Gussi quetschen sich hinten in den Lancia, Claude fährt, Petra sitzt neben ihm. Sie hat nach ihrer eigenen Aussage zu viel Promille. Wir haben unser Leben dem Trunk geweiht, ergänzt Gussi in bestem Hochdeutsch, was bei ihr ein Zeichen von großer Gemütsbewegung ist.

Ille sieht die sanften Nachtfarben des Himmels. Alles ist weich, konturenlos. Claude ist so schön. Ille sieht seinen schmalen Hals, die langen Haare kräuseln sich ganz leicht an den Enden. Ille findet keine Worte für dieses Profil, die lange, schmale Nase, den weichen, unschlüssigen Mund. Claude macht Ille auf das Bayerische

Nationalmuseum aufmerksam, das Ministerium, später zeigt er ihr rechts an der Straße die Stuckvilla. Warum hat Ille plötzlich ein so starkes Bedürfnis, diesen Jungen zu beschützen, der aussieht wie Timur, der Mongolenprinz. Verarmt, verhungert, verfroren. Was geht dieser Claude sie an, der fast täglich im Crazy seinen Alkoholpegel auffüllt, schweigend, die tief liegenden Augen ohne Blick?

Später, in Petras Diele, fragte er Ille beim Ablegen ihrer Jacke, ob sie nicht mitkomme zu ihm. Seine Stimme hatte fast keinen Ton, seine Augen gaben Ille keine Erklärung. In völliger Rechenschaftslosigkeit sich selbst oder den anderen gegenüber sagt Ille Ja. Erst nachher, erst morgen, wird sie sich Fragen stellen.

Heute will Ille sich für dieses Wunder entscheiden, für das Wunder, dass Claude nicht allein heimgehen will, sondern mit Ille.

Der Himmel ist noch heller geworden. Doch dunkle Wolken jagen einander, wie Kinder, die zu lange stillgesessen sind. Gleich wird es Tränen geben. Ille muss ständig vor ihren Gedanken auf der Hut sein. Sie weiß, über Wunder darf man nicht nachdenken.

Claude wohnt in einem alten Haus in der Holbeinstraße. Der Treppenaufgang ist venezianisch blau gekachelt, der alte, rasselnde Lift bringt sie zum vierten Stock. Claude schließt auf. Ein grauer Kater von enormer Größe erscheint in der Diele, starrt Claude und Ille humorlos an. Das ist Casanova, stellt Claude vor und hilft Ille aus der Jacke. Ille kann sich nur schwer orientieren. Alles ist weiß in Claudes Wohnung. Eine große, weiße Fläche, riesige Spiegel, irgendwo ein Glastisch, gläserne Stühle. Die Stützbalken, der Bretterfußboden, alles grelles Weiß. Auch der Küchenblock weiter hinten, Herd, Waschmaschine, Kühlschrank, alles in weiße Kacheln eingemauert. Ille schaut wieder auf Casanova, der sich jetzt lasziv streckt und sie immer noch hochmütig mustert. Claude geht zu einem eingebauten Wandschrank, legt eine Platte auf. Mahler, das Adagietto aus der fünften Symphonie. Tod in Venedig, denkt Ille, und die melancholisch schönen Bilder des Films vermischen sich mit den tiefen Streichern, traurig, ausweglos, kommend aus dem Nichts, verklingend im Nichts.

Du liebst Musik? Es war ihr, als sei in Claudes Frage verletzendes Staunen, sie ärgerte sich wie über ein ungezogenes Kind. Ich hab schon Klavier gespielt, als du noch in den Windeln lagst, hätte sie am liebsten gesagt. Doch dann hatte sie auch wieder keine Lust, ihren Altersunterschied noch zu unterstreichen.

Schläfrig sieht sie zu, wie Claude Whisky in zwei Gläser gluckern lässt. Sie spürt den scharfen Biss der braunen Flüssigkeit. Plötzlich, gierig, trinkt sie das Glas aus. Der aufsteigende Nebel in ihrem Kopf gefällt ihr, passt in diese weiße, schöne Frostigkeit.

Müde?, fragt Claude über die Schulter. Er blättert in Postsachen, wirft sie dann beiseite. Sein Rücken, ihr zugewandt, gibt Ille wieder Rätsel auf. Was tut sie hier? Sie, Ille Rosenkranz, fünfundfünfzig, zurzeit auf Reisen, was hatte sie mit diesem schönen, kapriziösen Herrn zu schaffen?

Da oben geht es ins Schlafzimmer. Claude deutet auf eine weiß gekalkte Treppe, die Ille bisher noch nicht wahrgenommen hat. Benommen, vorsichtig die geländerlose Seite meidend, steigt sie hinauf. Fast erleichtert nach all dem Weiß sieht sie eine braundunkle Schlafhöhle, der Boden ein einziges großes Polster. Nur Kissen gibt es und Decken. Ille beschließt, sich heute über nichts mehr zu wundern. Sie will nur ihre sanft-dunkle Tod-in-Venedig-Stimmung behalten und vielleicht ein wenig schlafen. Im Unterrock machte sie es sich auf dem Polster bequem, immer noch erstaunt, immer noch nicht willens, sich über den heutigen Tag Rechenschaft abzulegen.

Casanova kommt wie ein Schatten geschwebt, rekelt sich vorwurfsvoll, drapiert dann seinen mächtigen Schwanz um seine Pfoten, Ille nicht aus den Augen lassend. Sie ist zu müde, um seine Herablassung zu würdigen. Gute Nacht, Casanova, murmelt sie, und das Schnurren des mächtigen Fellbündels ist der einzige Laut in dem Raum. Als sie irgendwann eine Hand auf ihrer Schulter spürt, kommt sie nur schwer zu sich. Claude liegt bäuchlings neben ihr, das Gesicht wach, kindlich und sehr blass. Vorsichtig schiebt er die andere Hand unter Illes Rücken. Die Hand auf ihrer Schulter liegt fest, brennt sich ein, die im Rücken scheint ihr die Wirbelsäule zu schmelzen. Ille wagt nicht, sich zu rühren, sie atmet vorsichtig, ganz flach, nichts soll sich verändern, sie will so liegen bleiben, mit Claudes Händen auf ihrem Körper.

Langsam verschiebt sie ihren Kopf, sieht Claude an, fragt ihn, ohne zu wissen, was.

Plötzlich, wie immer in letzter Zeit, wenn Ille zu lange bewegungslos lag oder saß, zuckt ihr Ischiasnerv so stark und unvermittelt, dass Ille aufstöhnt. Ein Uneingeweihter wie Claude mochte es für Leidenschaft halten. Jedenfalls umarmt er sie plötzlich noch heftiger, treibt sie aus ihrer bewegungslosen Erstarrung bergan, Schmerz, Verwunderung, Hemmung wie die letzten Zeugen der Zivilisation hinter sich lassend.

Ille schaut in Claudes Gesicht. Er sieht wehrlos aus im Schlaf, blass, hat Schatten unter den Wimpern wie Ele, wenn sie als Kind im Schlaf sprach und Ille an ihr Bett lief.

Claude erwacht. Vielleicht, weil er Illes Blicke gespürt hat.

Seine Augen schauten so humorlos durch Ille durch wie die von Casanova. Missmutig verzog sich der weiche Mund. Er wünschte Ille weit weg, zwischen ihnen war nicht nur die Distanz der Jahre.

Ille hatte durch Otto gelernt, neben einem mürrischen Mann zu leben, geschützt wie in einer Luftblase. Außerdem konnte ihr nicht daran gelegen sein, sich von Claude im Morgenlicht betrachten zu lassen. Sie wollte sich lieber nicht vorstellen, wie sie jetzt aussah.

Rasch raffte sie ihre Kleider, ging wortlos ins Bad. So. Ille. Ilsebilse, niemand willse, kam der Koch, nahm sie doch. Auweia, wie sah sie aus. Rasch duschen. Ältere Damen sollten sich wenigstens nicht ohne ihre Ersatzteile ins Ungewisse stürzen. Ille suchte eine Zahnbürste, nahm schadenfroh die, von der sie annahm, dass sie Claude gehörte. Kann man Aftershave-Lotion auch benutzen, wenn man sich nicht rasiert? Sie tat es und fühlte sich schon frischer. Sieh an, eine Besucherin war so freundlich gewesen, Wimperntusche dazulassen. Ille war zwar immer noch nicht glücklich über ihr Spiegelbild, aber an einer Holzkiste kann man nicht löten. Jetzt würde sie Frühstück machen für den ungnädigen Prinzen da draußen.

Ille fand sich zurecht, warf die Kaffeemaschine an, briet ein flockiges Rührei, toastete. Casanova strich ihr eng um die Füße.

Claude kam in einem seidenen Kimono, der das

Prinzliche an ihm noch verstärkte. Er trank nur schwarzen Kaffee, sagte beiläufig, dass er sich aus Hausfrauen nichts mache.

Ille sah seine Hände, die sich an der großen weißen Kaffeetasse wärmten. Ihre falsche Nonchalance war verflogen, sie spürte machtlos, wie sie weggezogen wurde vom Rand des Geschehens, weg vom Rand, der sonst ihr Stammplatz war. Seine Hände, Claudes Hände, zogen sie an, gegen ihren Willen zogen diese Hände sie zu ihm. Sein blasses Gesicht, die abweisende Falte zwischen seinen schwarzen Brauen, seltsamer Gegensatz zum eichenfarbenen Haar. Ille ging zu ihm hin, wie aufgezogen, ein Ding. Seit seine Hände sich um die Tasse schlossen, war wieder Nacht. Sein Bett hob die Grenzen auf, befreite sie wieder von ihren Jahren, ihrem Alter, das außerhalb dieses Bettes ein Synonym schien für Unwertes. So wie schon vor Stunden, hob sich für Ille der Vorhang, diesmal war sie selbst auf der Bühne. Wann hatte sie je diese Rolle gelernt?

Seine Zugehfrau kam. Sie sind sicher die Schwester. Warum fragt sie nicht, ob ich Claudes Mutter bin? Claude steckt sich schweigend eine Zigarette an. Die Zugehfrau werkelt, ist die Stille offenbar gewöhnt. Claude zieht sich jetzt an, zum Ausgehen. Als Ille zu ihrer Jacke greift, zögert er. Natürlich, er möchte allein gehen.

Ille hält es nicht aus in der weißen Einsamkeit, wo sie nichts Eigenes hat. Sie sind eine schweigsame Familie, stellt die Zugeherin fest.

Ille macht sich auf den Weg in die Possartstraße. Zu Petra, zu Carla. Es ist fünf Uhr am Nachmittag. Die Leute auf den Straßen haben alle Claudes Gesicht. Ille war es leid, gegen ihre Sehnsucht anzukämpfen. Sie fühlte sich vogelfrei ohne Claude. Sie hätte in seinen Blicken, in seinen Gesten ertrinken mögen. Sie spürte ihn tief in sich. Bei aller Distanz schien Ille zumindest seine Potenz nicht zu hemmen.

Vor Petras Haus sah Ille das Motorrad stehen. Zärtlich strich sie über den Seitenwagen. Carla. Konnte Ille sich zu Carla retten wie auf eine Insel? Früher, in Berghausen, wäre das unmöglich gewesen. Carla, von Ille so sicher gewähnt in ihrer Eigenständigkeit, in ihrer Ablehnung allem gegenüber, was vom Gefühl dominiert wurde, dieser Carla hätte Ille heute niemals auch nur begegnen können. Doch da oben im fünften Stock gab es ja eine andere, eine neue Carla. Eine, die gelernt hatte, ihren Schmerz, ihre Niederlagen zuzulassen, sie offen zu zeigen. Nie würde Ille Carlas Gesicht vergessen, am Morgen nach Arthurs Ankunft. Eine einzige Wunde. Ille wird Carla nichts erklären müssen.

Anina jubelt. Ille, hör zu, ich kann was Neues auf der Blockflöte. Sie spielt konzentriert, immer wieder zu Ille und Carla blickend: Die Blümelein, sie schlafen, schon längst im Mondenschein. Petra legt noch ein Kaffeegedeck mehr auf. Als sie ins Wohnzimmer gehen, nimmt Carla Ille fest um die Schulter: Du weißt, ich hab ja der Liebe abgeschworen. Aber wenn ich dich sehe, weiß ich nicht, ob das richtig war. Ille rettet ihre Verlegenheit in einen Spruch aus dem Oberbergischen: Wenn ahle Schüren brennen …

Petra drückt Ille einen Kuss aufs Ohr. Menschenskind, Ille, du und der Claude. Ich dachte immer, der Claude, der ist total zugedröhnt. Petras schönes Gesicht ist von Begeisterung hell. Du, Ille, hör zu, Mama (nicht mehr Maman) leiht mir das Geld, damit ich eine Buchhandlung eröffnen kann. Wir haben uns das gemeinsam überlegt. Eine Buchhandlung, nicht zu klein, mit einer hellen Leseecke. Und internationale Zeitschriften werde ich auch haben, Autorenlesungen veranstalten, Vernissagen. Kannst du dir vorstellen, Ille, dass das eine gute Sache wird? Und wir machen ein ganzes Zimmer voll nur mit Kinderbüchern.

Anina ist schon angesteckt, spielt Bücherverkaufen. Nach einer Weile langweilt sie sich. Bitte, bitte, Ille, Carla, ich möchte Seitenwagenfahren. Nach einigem Hin- und Herüberlegen entscheiden sie sich für den Chinesischen Turm im Englischen Garten.

Sie fahren zu viert. Petra sitzt hinten, Anina auf Illes Schoß im Seitenwagen. Wenn uns Friedrich so sähe. Petra ist entzückt von dem Gedanken, dass Friedrich sich genieren würde. Aufsehen erregen sie wirklich. An der ersten Ampel hält schon eine schwere BMW dicht neben ihnen. Der junge Fahrer tätschelt den Tank seiner Maschine wie den Po einer Frau. Hallo, ihr Hübschen. Da kriegt man ja gleich Lust, hinterherzufahren. Das tut er dann auch, begleitet sie bis in die Königinstraße, wo sie das Gespann abstellen und zu Fuß gehen. Es ist eine so warme, weiche Luft. Ille fühlt sich wie nach einem Cassis. Ihre Gedanken an das Claude-Wunder benebeln mit leisem Schmerz ihr Hirn.

Ihr ist, als atme, als rieche sie durch alle Poren. Oder hat sie keine Haut, hat Claude sie gehäutet? Niemals hat Ille Konturen so scharf umrissen gesehen, so deutlich abgehoben von den Kulissen. Niemals war Carla so nah, nie Anina so schön. Wer sagt, dass in Ille eine Zeitbombe tickt? Ille weiß in diesem Moment, dass es sich bei dem Knoten in ihrer Brust um eine völlig harmlose Mastopathie handelt. Wenn man Claude liebt, wenn man Menschen wie Carla, Petra und Anina liebt, wenn man solche Wiesen und Wolken sieht wie diese, dann kann man nichts anderes wollen, als leben.

Als sie zurückkommen vom Chinesischen Turm, von den Hunden und Babys und Schnittlauchbroten, wartet Claude in seinem alten englischen Auto vor Petras Haus. Ich fürchtete, ihr wäret abgereist. Sein Lächeln versinkt in Ille. Kommst du mit?

Was ist das für eine Musik? Eine Flöte kommt ganz nah, entfernt sich wieder, duftendes Wasser scheint sich fein zu versprühen. Claudes Kopf liegt an Illes Schulter. Er raucht. Im Bett ist Claude ein anderer Mensch, denkt Ille. Zärtlich, leidenschaftlich, sanft, glühend.

Was findest du an mir? Ille kann die Frage nicht mehr verdrängen. Claude grinst erst, sagt schließlich, dass Ille so weich sei, so sanft wie Salzburger Nockerln. Dann richtet er sich auf, sieht Ille mit seinen intensivgrünen Augen spöttisch-ernst an: Du hast für mich so was Todessehnsüchtiges, Schrankenloses, du bist so weit weg von allem, ich wusste, du wirst meine Wünsche erfüllen.

Claude legt für eine Sekunde seine Hand an Illes Wange. Wärme. Einssein?

Er zündet sich nervös eine neue Zigarette an, sagt über die Schulter: Und vor allem, du wirst nicht schwanger …

Dann, als das Schweigen auch ihn belastet, mit einer raschen Bewegung des Kopfes: Ist doch wahr. Sie haben die Pille, sie haben die Spirale – doch wenn du mit ihnen schläfst, nehmen sie nichts von alledem. Dann laden sie dir die Abtreibung aufs Gewissen.

Ein Gefühl endgültigen Abgetrenntseins, Ausgestoßenseins erstickt Ille fast.

Claude in seiner Beschämung ist noch mürrischer als sonst. Sie laufen hinunter an die Isar. Wie immer in den Straßen gehen sie stumm. Im Licht altertümlicher Laternen schimmert das Kopfsteinpflaster. Wie spät ist es? Gleich halb zehn.

Claude weist mit einer Kopfbewegung auf den kleinen Park zur Linken. Hier sitz ich manchmal mit einem Bier. Ille macht überrascht einen schnellen Schritt, näher zu Claude. Er sagt etwas, spricht mit ihr. Lässt sie teilhaben an diesem dunkelduftenden Abend, den alten, schönen Häusern, der Straße mit dem Kopfstein, das Ille an daheim erinnert.

Die Straße trägt Ille, obwohl sie doch eine Fremde ist in dieser Stadt. Wenn sie nicht mit Carla in ihrem Gespann sitzt und dadurch zum Kuriosum wird, gehen die Menschen blicklos an ihr vorbei. Ille gehört nicht dazu. Doch die feuchte, schweigsame Luft gehört Ille, und der feine Nebel legt sich auf ihre Haare wie auf die von Claude. Claude. Ille könnte ihn berühren, sie müsste nur die Hand ausstrecken.

Am Bogenhausener Kirchplatz der alte Friedhof, die Kirche ist angestrahlt in cremigem Gold. Schön, nicht wahr. Ille sagt es zu Claude, werbend. Ja, schön. Claude ist unbewohnbar wie ein Museum. Er raucht drei, vier nervöse Züge, wirft die Zigarette weg.

Sie gehen einen schmalen Weg hintereinander. Rechts eine steil abfallende Wiese, Bäume, Büsche. Wie daheim – wie in Berghausen. Ille fühlt sich in der austauschbaren Szenerie nur noch mehr entwurzelt, hergeweht. Hinter den Bäumen der Mond, hell wie ein ungebackener Fladen, unbeteiligt. Die Kirche steht ernst und barock vor dem Nachthimmel. Auch ihr ist Ille gleichgültig.

Fröstelnd hängt sich Ille bei Claude ein, lässt sich von

dem rauen Stoff seines Sakkos nicht abweisen. Jetzt haben sie die Wiese überquert, kommen zu einer zweiten, noch sanfteren.

Tagsüber wimmelt es hier von Leuten. Claude murmelt es durch seine Lippen, die schon wieder eine Zigarette halten, die er sich jetzt konzentriert anzündet. Otto hat auch so ein Störmichnicht-Gesicht, wenn er seine Pfeife präpariert.

Sie kommen zur Isar. Claude geht eine Steintreppe hinunter, setzt sich auf die unterste Stufe. Ille kauert hinter ihm, beginnt zögernd, seine Nackenhaare zu streicheln. Es ist ihr, als stehle sie. Sein Schweigen, sein stummes Rauchen. Wie schön Claude ist. Die Haut ist hell und weich über den Backenknochen, wo keine Bartstoppeln sind. Die schrägen, grünen Augen. Timur. Er kommt aus einem Reich, das Ille nie sehen wird.

Hier erinnert mich alles an Paris, an die Seine-Ufer, sagt Claude. Ille war auch in Paris, aber damals lebte sie noch nicht. Doch jetzt ist sie lebendig, dicht bei Claude, sie, Ille, mit Claude an der Isar. Das Wasser treibt dunkelgoldglänzend vorbei, rasch, ohne jede Erschöpfung. Drüben am Ufer stehen Bäume wie Scherenschnitte. Links biegt sich die Maximiliansbrücke mit der Patrona Bavariae. Ille erkennt den Faltenwurf ihres Kleides. Die Patrona wendet ihnen den Rücken zu, schaut vor sich auf die Brücke, die jetzt ausruht, ausdampft vom Lärm des Tages. Vielleicht sehnt sich die Patrona nach den Fuhrwerken, dem Pferdegetrappel ihrer Jugend.

Hinten durch die Bäume schimmert das Landtagsgebäude. Claude und Ille gehen vorbei am Wehr, das mit seinen Büschen und Bäumen aussieht wie eine chinesische Tuschzeichnung. Sagt Claude. Zum Landtag kann man nicht mehr hinaufgehen. Ein schweres Gitter trennt die Zufahrt von der Straße. Komm, steigen wir hinüber. Claude sagt es mit gefurchter Stirn. Er klettert rüber. Ille, eine Sekunde zaghaft vor der Höhe, schafft es überraschend leicht, überwindet die Steinmauer ebenfalls.

Claude steht an der Brüstung, schaut auf die Maximilianstraße. Sein Gesicht, eben noch weich, ist wieder angespannt mit sich allein. Ille möchte das Recht haben, ihn zu umfangen, ganz nah bei ihm zu stehen, seinen Atem zu spüren, seinen Herzschlag. Gestern sah sie vor dem Haus der Kunst eine junge Frau, wie sie neben ihrem Mann ging und plötzlich den Arm um seine Hüfte legte. Die Freude auf seinem Gesicht, das er ihr zuwandte. Dass Claude bei Tag Abstand hielt, beide Hände tief in den Trenchcoat-Taschen, nun ja, er genierte sich. Wollte nicht einmal das Wenige demonstrieren. Aber in der Dunkelheit …

Ille hört jetzt Claude sagen, dass er dort in der Lukaskirche, da links, dass er dort manchmal Orgelkonzerte höre.

Ille sah den Alten Peter, den Liebfrauendom. Warum tat ihr die Schönheit der abendlichen Stadt weh? Ich bin zu spät gekommen, dreißig Jahre zu spät. Damals, als ich schön war, hätte ich es aufgenommen mit euch allen. Zwei Straußenvögel hätte ich vor meine Kutsche gespannt, um die Maximilianstraße zu befahren bis zur Staatsoper. Hand in Hand mit Claude ins Cuvilliés-Theater, das spanische Spitzenkleid mit dem großen Dekolleté erregt Aufsehen. Und nachher, am Buffet in den Vier Jahreszeiten – drei Mal rote Grütze.

Claude geht mit schnellen Schritten zurück zur Mauer, springt hinüber. Ille, nur mühsam aus ihrer Straußenkutsche kletternd, springt ebenfalls. Will sie Claude zeigen, wie leichtfüßig sie noch ist? Schmerzhaft ungeschickt kommt sie auf dem linken Fuß auf, zwingt sich eisern, nicht zu klagen und nicht zu humpeln, als sie jetzt durch die Anlagen zum Huterer gehen. Hier trinkt Claude manchmal sein Bier. Heute trinkt Ille auch, lehnt sich in einer Art Herausforderung an Claude. Soll er sie zurückweisen, soll er abrücken.

Claude bewegt sich nicht, schaut begehrlich in die Richtung, aus der sein Bierglas kommt. Ob die Leute finden, dass wir ein seltsames Paar sind? Ille schaut verstohlen die anderen Gäste an. Manche schauen auf Claude. Ille kennt das schon. Besonders die Mädchen schicken schnelle Blicke, streichen sich die Haare hinters Ohr, schauen noch mal. Sie rauchen, reden irgendwas von Jaguars, dem schnellsten Weg nach Tegernsee, eine Irin ist dabei und ein älterer Amerikaner. Dem Alter nach würde er zu mir passen – doch er sieht mich gar nicht, lässt sich fast herablassend gefallen, dass seine junge Freundin sich müde an ihn lehnt. Ille will noch ein Bier, trinkt es rasch. Nach zwei Gläsern Bier ist es nicht mehr so schmerzhaft, dass Claude schön aussieht. Illes Gefühl, völlig ohne Schutz, ohne Haut zu sein, lässt sich mit Münchner Bier in Schach halten.

Claude scheint wieder feindselig. Wenn schon. Er geht rasch, immer einen halben Meter vor Ille. Ille tappt ihm nach zur letzten Tram, springt wieder unbedacht auf den schmerzenden Fuß. Die Fremdheit dringt wieder durch Illes Biernebel. Carla, Petra, Gussi. Wäre Ille doch auch im Crazy.

Claudes Umarmung wärmt Ille nur halb. Ihr Fuß schmerzt, die Beine scheinen eisig bis zum Knie. Ob es auch Männer gibt, die mit kalten Füßen schlaflos neben ihren schnarchenden Frauen liegen?

Der Fuß ist dick am nächsten Tag. Carla macht Ille Umschläge. Anina bringt Eiswürfel. Dabei wollten sie heute in die Neue Pinakothek. Ille hatte sich auf die französischen Impressionisten, auf die Monets gefreut. Wir leihen uns für die Ille einen Rollstuhl, und ich schieb sie. Anina ist begeistert von ihrer Idee. Ille sieht sich schon durch die Hallen rollen, ausgeliefert Aninas Temperament, den Blicken der Besucher. Es reicht, dass ich alt bin, erklärt Ille, da will ich nicht noch wie ein Krüppel im Rollstuhl gefahren werden.

Ille, sagt Carla, und sie spricht damit spontan Gedanken aus, die schon seit Tagen in ihr leben, Ille, du warst noch nie so jung wie jetzt. Und noch nie so lebendig. Wenn ich dich so sehe, kriege ich sehnsüchtige Gedanken …

Am Abend im Crazy sitzt Ille dann meist an der Bar. Petra kommt heute spät. Sie ist in Begleitung einer Freundin, eines großen, sorglos aussehenden Mädchens, das gewohnt scheint, alle Blicke auf sich zu ziehen. Sie trägt ein gelbes Minikleid mit breitem, türkisfarbenem Gürtel, die hellen, gesträhnten Haare bauschen sich über einem Stirnband. Sie steht wie eine Herausforderung an der Bar, und irgendwann in der Nacht nimmt Claude die Herausforderung an.

Es war Ille, als liefe sie durch Sand, immer wieder versinkend. Sie hörte Carla und Gussi, fühlte Petras duftende Wange an ihrer, doch nichts davon gehörte ihr mehr. Nichts existierte für Ille, nur der Schmerz.

Leben oder Sterben. Was für eine Frage. Wenn Ille versuchte, sich an der Erinnerung eines Lächelns, einer Liebkosung Claudes festzuhalten, verletzte sie sich. Warum hatte sie nicht jede Geste gespeichert? Dieser lächerliche Splitter ihres Lebens, das mit Claude. Hatte es überhaupt ein Wir gegeben?

Die Notwendigkeit befahl Ille, zu Bett zu gehen, aufzustehen, zu duschen, zu frühstücken. Sie gehorchte. Konnte es für sie eine Zukunft geben? Sie sprach in ihren Gedanken mit Claude, sagte ihm alles, war er ihr zu sagen nie erlaubt hätte. Sich fügen ins Unvermeidbare. Wird eines Tages die Betäubung aufgehoben sein, wird die Wahrheit über den Verlust Claudes Ille in ihren Fangarmen ersticken? Niemals hat Ille sich so müde, so alt gefühlt. Die Vorstellung, als Tote mit der Erde zu verschmelzen, schien ihr konsequent.

Es war wie in den dunklen, kalten Tagen nach Vaters Tod. Sie saß mit den anderen am Tisch und sah, dass alles, was gegessen wird, tot ist. Tod. Claude. Wenn Ille die Augen geschlossen hielt, konnte sie seine Stimme zurückrufen. Hatte sie gewusst, dass sie glücklich war?

Ille hört Petras junge, energische Stimme. Hatte Petra Illes Gedanken erraten? Sie sagt gerade ohne jede besondere Betonung, Ille den Korb mit dem Brot reichend, dass es zwischen Frustration und Glück einen Zusammenhang gebe. Glück ist Beendigung der Frustration, sagt Petra. Ille greift in ihre Jackentasche. Findet ein Taschentuch von Claude. Wie sich Dinge rächen können.

Sie sieht am Fenster einen kleinen Vogel. Gelbbrüstig, mit wichtigen geschäftigen Bewegungen. In Illes Erinnerung gleiten die Schieferberge des Rheintales vorbei, die blauen Blumen ihrer Reise mit Carla. Sie spürt, wie sie sich auf die Weiterreise vorbereitet, wie sie sich Schritt für Schritt von Claude entfernt. Ille findet, gleichsam emporschießend vom Grund ihres Schmerzes, die Fischteiche ihrer Jugend wieder, ihren Vater, das betaute Gras, Gänseblümchen und Löwenzahn. Ein kurzes, scharfes Angstgefühl lässt sie schwanken, Angst vor dem Leben, das durch Claude für sie begonnen hatte, in dessen Sog sie sich jetzt befand, mittendrin, nicht mehr betrachtend am Ufer.

Petra kommt heut spät in die Crazy-Bar. Und allein. Friedrichs Frau hat darauf bestanden, dass er sie zu einer Vernissage begleitet, Petra ist verstimmt, steht mit verschlossenem Gesicht an der Bar. Hochmut in jeder Bewegung.

Wenig später tauchen drei Männer aus dem Eingang auf, gelddurchwirkte Existenzen, hochhackig aufgezäumt.

Der Erste, im gestreiften Sakko, hat sofort Petra im Visier, weist seine Begleiter mit einer kurzen, auffordernden Bewegung der Augen auf sie hin. Alle drei gehen zu Petra an die Bar, kreisen sie ein wie Treiber. Petra, mit den Augen einer Belästigten, wendet ihnen abrupt den Rücken zu.

Der Gestreifte dreht Petra an der Schulter zu sich. Wir kennen uns doch, Süße. Ich finde, wir sollten uns mal über ein paar Sachen unterhalten.

Ille sieht, wie Petra blass wird, sich aus seinem Griff losmacht, das Gesicht von Wut, Angst und Ekel verzerrt.

Carla geht auf den Gestreiften los: Lassen Sie meine Tochter in Ruhe.

Der Gestreifte schaut mit künstlichem Hochmut, der seinem Gesicht etwas Dümmliches gibt, durch Carla durch, schiebt sie wortlos beiseite. Sein Begleiter geht auf Carla zu, zeigt ihr eine geballte Faust, lächelt geringschätzig: Halt's Maul. Was meinst du, was wir sonst mit dir machen? Er gibt Carla einen Stoß, dass sie gegen den Tresen stolpert.

Gussi, blass, greift zum Telefon. Ich rufe die Polizei, wenn ihr nicht macht, dass ihr hier rauskommt.

Der Dritte haut blitzschnell auf Gussis Hand, dass sie aufschreit, hat plötzlich ein Messer, das er grinsend aufschnappen lässt. Jetzt ist es still, bisher hatte niemand den Streit bemerkt, erst bei Gussis Aufschrei waren die Gespräche verstummt.

Der Gestreifte fasst Petra jetzt brutal an! Los, Süße, du kommst mit.

Ille sieht für einen Moment Carla, wie sie sich voll Zorn und Scham erhebt, mit weißem Gesicht die Hilfe der Gäste abwehrt. Ille sieht an Gussis verzogenem Mund, wie sie gegen ihre Magenkrämpfe ankämpft. Ille spürt die sinnlose, brutale Gewalt und schlägt zu. Mit der Sektflasche, deren kühlen Hals sie in ihrer Hand spürt, schlägt sie dem Gestreiften über den Schädel. Er, der Petra in seinem obszönen Griff festhält, geht ohne Laut zu Boden.

Alle starren sie auf den mit dem Messer. Doch der tritt nach dem Gestreiften. Sein Gesicht ist voll schadenfrohen Hasses. Arschgesicht, lässt sich von 'ner Oma umhauen.

Wie er das im Fernsehen gelernt hat, winkt er dem Dritten mit einer Kopfbewegung. Sie gehen. Benommen kommt der Gestreifte hoch, folgt den beiden.

Das Crazy wird früh leer heute. Sie haben alle Ausreden. Arbeit, Kopfschmerzen. Den Frauen ist es recht. Sie fahren zu Gussi ins Lehel. Carla legt sich bäuchlings auf die Couch, und Petra massiert ihr den Rücken. Jede schien die Berührung in sich eindringen zu lassen.

Gussi und Ille kochen. Ein Schweinebraten ist vorbereitet, sie machen noch Knödel und Krautsalat dazu. Gussi ist immer noch aufgeregt. So was ist in meinem Geschäft noch nia vorkemma, i hab scho Magenschmerzen kriagt, wia die reinkemma san. Unterste Unterwelt. Und wie du den in den Boden gehaun hast, Ille, des war schon mordsmäßig!

Petra spürt immer noch die Hände des Luden. Sein aufgequollenes Weißbrotgesicht, die Kunstzähne scheinen ihr die Inkarnation der Fragwürdigkeit ihrer eigenen Situation. Friedrich. Was mutete Friedrich ihr zu? Warum eigentlich Friedrich? Was mutete sie sich selber zu?

Petra hat immer darauf verzichtet, bei Friedrich daheim anzurufen. Nur in seinem Büro kann sie zu ihm durchwählen. Friedrich jedoch muss sich jederzeit vergewissern, wo Petra sich aufhält und mit wem. Ich bin der Stachel in seinem Fleisch, erklärt Petra den anderen. Er möchte alles haben. Daheim in Harlaching seine sanfte Frau, das elegante Haus, alles hell, licht, legitim. Und damit es vorne umso heller leuchtet, hat er mich als Hintergrund, verrucht und wild – die schwarze Sünde. Wenn er ausgeht mit seiner Frau, ruft er alle Stunden bei mir an, und wehe, ich gehe auch aus. Dann läutet die ganze Nacht das Telefon, bis in den Morgen, bis ich dann endlich drangehe. Wo warst du, warum gehst du nicht ans Telefon, wo hast du dich rumgetrieben. Alles im Flüsterton. Dann höre ich im Hintergrund eine hohe, helle Stimme: Halloo, Liebling, das Frühstück ist fertig. Er, mit der Hand auf dem Hörer, mit ebenso lieber Stimme, ruft nach hinten: Danke, mein Herz, ich komme gleich. Dann wieder zu mir, flüsternd, drohend, ich rufe so bald es geht zurück. Und wehe, ich gehe aus, und wenn ich nur mit Ninchen irgendwo frühstücken geh, er glaubt's nicht, läuft innerlich Amok.

Gussi und Ille hörten amüsiert zu, wie Petra gekonnt mal die helle Stimme der Frau, mal die höflich liebenswürdige Stimme Friedrichs nachahmt, dann wieder die wütend-zischende Tonlage imitiert, die Friedrich für sie parat hat.

Carla sah immer wieder Ille an. Ille, die Weiche, Ausweichende, nicht zu Fassende – sie war die Starke, die Stärkste von allen. Ille, die Flasche zum Schlag hebend, hatte ein für alle Mal das Visier hochgeklappt. Carla war, als sähe sie Ille, sich selbst und vor allem Petra heute zum ersten Mal. Es war ihr, als habe die Szene in der Bar in ihr Vorhänge zurückgezogen, die sie immer gehindert hatten, Petra wirklich anzusehen. Immer hatte sie geglaubt, Petra sei so völlig verschieden von ihr, gehe einen anderen Weg. Jetzt sah sie, dass Petras vermeintliche Freiheit nichts anderes war als eine Wiederholung ihres eigenen Schicksals: die absolute Abhängigkeit von einem Mann. Nur verbrämt von der Tatsache, dass die Männer sich auch in einer gewissen Abhängigkeit befanden, physisch oder psychisch. Sie, Carla, hatte ihre Existenz durch Rudolf begründet, so wie vorher durch Arthur. Machte es einen Unterschied, dass Petra dasselbe ohne Trauschein mit öfter wechselnden Männern tat?

Mit einem Mal sah Carla hinter den zweifellos amüsanten Schilderungen Petras, in denen sie meist die Souveräne, Unabhängige war und die Männer eher unreife, chauvinistisch gefärbte Chaoten, liebenswert, aber nicht ganz ernst zu nehmen – dahinter sah Carla nun ihr Kind. Das Mädchen Petra, das Mädchen, das sie immer noch war. Allein, unsicher, schutzlos. Zuneigung oder gar Liebe eintauschend in bare Münze.

Carla war sicher, dass Petra Friedrich liebte, dass sie sich zumindest ohne die Illusion von Verliebtheit nicht mit einem Mann einließ.

Sicher hatte Petra auch Aninas Vater geliebt oder das wenigstens geglaubt. Warum sprach sie niemals über ihn, hatte nicht einmal bei den Behörden seinen Namen genannt. Lieber ließ sie es sich gefallen, dass die Fürsorgerin oft und oft vorbeikam, überall herumschnüffelte, versuchte, Petras äußeren Glanz abzublättern bis auf den schäbigen Bodensatz bürokratischer Fakten.

Doch nichts dergleichen wird jemals geschehen. In Carla ist plötzlich ein kampflustiges Summen, das nicht nur vom Cassis kommt. Ein wunderbares Hitzegefühl, das ihr bis in die Haarspitzen steigt. Petra. Anina. Ich bin Carla, der Fels, auf mich könnt ihr bauen. Ohne Hoffnung war Carla auf die Reise gegangen. Nur fliehen wollte sie. Vor dem Alter, dem Grab, den Erinnerungen, der Einsamkeit, die sie, um Ille zu täuschen und zu trösten, immer geleugnet hatte. Doch jetzt, wo sie freigekommen ist von Arthur und Rudolf, jetzt wird sie ihre Kinder suchen. Carla weiß, dass sie Versäumtes nicht nachholen kann. Aber sie wird nach Wegen suchen, gleichgültig, wie weit und schmerzhaft steinig sie sein werden. Sie wird alle Kraft und Phantasie aufwenden, listig sein wie ein Fuchs. Sie wird ihre letzte Chance wahrnehmen, ihren Kindern eine Mutter zu sein. Carla ist mit einem Mal ganz sicher, dass sie auch zu Klaus-Jürgen Wege finden wird. Meine Kinder. Ich will die Grenze zwischen uns, die ich selber gebaut, zumindest aber nie verhindert habe, diese Grenze will ich abtragen, abbrennen, begehbar machen.

Petras warme Hände auf ihrem Rücken sind die Ouvertüre. Mama, wie du dich schützend vor dein Kind geworfen hast – wirklich ergreifend. Petra sagt es spottend, aber ihre Stimme ist zärtlich.

Nach dem Essen ist es eine Weile ganz still. Jeder ist mit seinen Gedanken auf Reisen, aber alle sitzen im gleichen Abteil. Von draußen hört man Autos, eine Kirchturmuhr schlägt. Niemanden scheint es zu interessieren.

Gussi holt ab und zu kalten Champagner vom Kühlschrank, um den Cassis aufzugießen.

Sie wissen nachher nicht mehr, wer als Erste vom Stuhl fiel. Ille behauptete ja später, es sei Carla gewesen, aber da sie selber auch bald runterfiel, setzten sich Gussi und Petra gleichfalls auf den Boden. Sicher ist sicher. Sie reden über Gott. Sein oder Nichtsein. Ich glaub an ihn, sagt Gussi. Weil es das Einfachste ist. Die anderen staunen. Könnten sie doch ihr ganzes Leben auf eine derart einfache Formel bringen. Doch das Leben ist kompliziert. Wenn man nicht den Alkohol hätte, der einen ab und zu mal ein bisschen schweben lässt …

Ille fühlt, dass sie so betrunken ist wie niemals zuvor. Es ist in Ordnung. Nicht länger Zuschauer sein.

Petra stellt nach einem Blick aus dem Fenster fest, dass es draußen hell wird. Wissen möchte ich jetzt doch mal, wie viel Uhr es ist.

Gussi dreht etwas schwerfällig den Kopf zur Wanduhr. Es is glei siebene, sagt sie ohne weitere Betonung.

Wir könnten vielleicht schlafen gehen?, schlägt Carla vor. Sie möchte ihren neuen Träumen noch näherkommen. Ille will ihr gerade erst begonnenes Leben nicht schon jetzt durch Schlaf unterbrechen. Sie findet deshalb, dass sich Schlafengehen nicht mehr lohnt.

Es gibt Tage, sagt sie philosophisch, es gibt Tage, die sind am Morgen schon unvergesslich.

Niemand versteht es so recht, aber alle sind zufrieden.

Carla singt unvermittelt: So ein Tag, so wunderschön wie heute. Die anderen wollen einstimmen, es klingt wie ein neu gegründeter Kirchenchor. Bis Petra sich erhebt. Das Gegenteil von Kunst ist gut gemeint, sagt sie entschlossen. Also, ich dusch jetzt, wenn's recht ist.

Sie verschwindet im Bad, aus dem man, wie in manchen alten Münchner Häusern, durch ein Fensterchen in die Küche schauen kann. Während hinter ihr das Wasser braust, steht Petra oben am Fenster und schaut zu, wie die drei andern Kaffee kochen. Ihr seid mir die liebsten Menschen, vor allem, wenn ihr nicht singt, ruft sie in die Küche, und dann hört man sie prustend im Bad wirtschaften. Die anderen kommen auch ins Bad, bringen Kaffee mit. Ihr werdet mir noch des ganze Haus aufwecken, befürchtet Gussi, aber es ist ihr wohl egal, denn sie kreischt am lautesten.

Schließlich ziehen alle vier los, in ein Café, von dem Gussi behauptet, dass es dort den besten Kuchen von ganz München gibt. Es sind ja Preißn, entschuldigt schon, aber backen, des kennan s'.

Sie stehen an der Theke, suchen sich Kuchen aus, kichern, schwanken wohl auch ein wenig, Ille hat Schluckauf. Die Verkäuferin sieht sich das eine Weile an, kopfschüttelnd. Dann sagt sie streng zu Gussi: Frau Gruber – an Betrunkene verkaufe ich grundsätzlich nicht.

Petra deutet sprachlos auf die Gestrenge. Habt ihr das gehört? Betrunken, sagt sie. Wir wären betrunken! Siehst du, Gussi, das hast du von deinem scheiß sanierten Lehel. So was würde uns in keiner anderen Münchner Kneipe passieren.

Diesen Vorwurf nimmt Gussi hin. Schweigend.

In Petras Lancia fahren sie nach Schwabing, zum Elisabethmarkt. Hier kennt Petra einen Spanier, der schon aufhat. Es gibt Rotwein, nur Gussi verlangt ein Bier. Is eh besser, sagt sie zufrieden, is eh besser als der Preißin ihr Kuchen.

Anschließend frühstücken sie harmonisch im Golden Twenties, in der Georgenstraße. Heißer, starker Kaffee. Das tut gut. Schließlich bemerken die drei anderen, dass Gussi sehr schweigsam geworden ist. Sie schaut ratlos von einem zum anderen: Sagt doch mal was, ich hör nix mehr, ich kann euch überhaupt nicht hören, bewegt ihr nur noch den Mund, oder was?

Petra, teilnahmsvoll: Gussi, des kenn ich, du bist total unter Strom, bis über die Ohren, jetzt musst du ins Bett, da hilft kein Kaffee mehr.

Sie fahren Gussi nach Hause.

Carla und Ille sitzen noch für eine goldfarbene halbe Stunde auf einer Bank an der Isar. Der Wind raschelt mit den Blättern, weckt Erinnerungen, mahnt die Gegenwart an. Ille verharrt wie ein Vogel in der Luft, wartend auf den Moment, der sie aus der goldenen Kuppel dieses Morgens eintauchen lässt ins Leben. Weiterreisen. Sich freuen auf einen Bach, in dem sich Wolken spiegeln. Zusehen, wie ein Fluss sich silbern bewegt. Der Lärm der Autos, der Gestank, das Klingbim der Tram. Ein Schulkind, selig bei der Freundin eingehängt. Carla und Ille. Unsere Zeit, der Augenblick.

Asta Scheib im dtv

»Asta Scheib hat die Fähigkeit, fremden Lebensläufen nachzugehen, ihr Erinnerungsvermögen in den Dienst der Geschichten von anderen zu stellen.«
Albert von Schirnding in der ›Süddeutschen Zeitung‹

Das Schönste, was ich sah
Roman
ISBN 978-3-423-**21272**-4

Giovanni Segantini und Luigia Bugatti. Ein bewegendes Künstlerleben und eine ungewöhnliche Liebe.

Jeder Mensch ist ein Kunstwerk
dtv premium
ISBN 978-3-423-**24529**-6

Begegnungen mit Schriftstellern, Künstlern, Schauspielern und Filmemachern wie Thomas Bernhard, R. W. Fassbinder, Cornelia Froboess u. a.

Das stille Kind
Roman
dtv premium
ISBN 978-3-423-**24854**-9

Die bewegende Geschichte einer jungen Familie mit einem autistischen Kind – anrührend und Mut machend.

Schwere Reiter
Roman
ISBN 978-3-423-**21420**-9 und
ISBN 978-3-423-**25125**-9
(dtv großdruck)

Mit dem Motorrad unterwegs. Zwei Frauen auf der Suche nach neuen Lebensinhalten.

Kinder des Ungehorsams
Die Liebesgeschichte des Martin Luther und der Katharina von Bora
dtv großdruck
ISBN 978-3-423-**25288**-1

»Die vielleicht skandalöseste Liebesgeschichte Deutschlands.« (Klaus Modick in Radio Bremen)

Frau Prinz pfeift nicht mehr
Roman · dtv großdruck
ISBN 978-3-423-**25297**-3

Eine Frau, die Nachbarn und Familie gleichermaßen terrorisiert hat, liegt tot in ihrem Vorgarten. Unfall oder Mord?